はじめて読む源氏物語

Genji Monogatari

藤原克己 監修
今井上 編

青島麻子 東俊也 金静熙 金秀姫 栗本賀世子 中西翔
林悠子 松野彩 尹勝玟 吉田幹生 李宇玲

花鳥社

監修者のことば

本書は、私と十二人の執筆者たちが思いを一つにして作った『源氏物語』の入門書です。その思いとは、複雑に入り組んだ物語世界をわかりやすく見通せるようにして、『源氏物語』の深さと美しさを高校生や専門外の方たちにも伝えたい、そのための良い道案内をつとめたいということ、これに尽きます。

物語や小説という芸術は、何と奇妙なものでしょう。音楽は、旋律や和声という聴覚によって享受できる素材から成っています。絵画や彫刻も、色彩や形という視覚によって直接感受できる素材を用いています。しかし物語・小説は、白い紙の上に黒い文字が並んでいるだけなのです。にもかかわらず……、みなさんはこんな経験をされたことがないでしょうか。たとえば電車の中で、長編小説の少し厚い文庫本に夢中になって読みふけっていて、電車が目的の駅に着いたので本を閉じた瞬間、その手にしている文庫本に「ああこの中に、あの人たち（作中人物たち）がいるんだ！」という何か奇妙な愛着を感じたような経験を。――言葉だけで織りなされた作品から生まれてくる、このふしぎな実在感《リアリティ》。

しかしながら、『源氏物語』の生み出す実在感は、現代小説のそれとはかなり異質なものでもありましょう。一九二〇年代から三〇年代にかけて『源氏物語』を英訳し、この物語を一躍《いちやく》世界的に有名にしたアーサー・ウェイリーが、次のようなことを述べています。『源氏物語』には一種独特な実在感があるが、それは、西欧近代の作家たちがやるような、微《び》に入り細《さい》を穿《うが》った観察によるリアリズムとはまったく別のものだ、この物語はその優雅さ、その均整と節度において、まさしく古典的《クラシカル》なものである、と。

光源氏の超人的な資質やその多彩な女性関係にしても、近代小説のリアリズムの物差しを当てて不自然だとか不道徳だとか非難するのは、見当違いというものではないでしょうか。光源氏とのふれあいを通してこそ、さまざまな男女の心と人の世のありさまが、四季折々の情趣とともに、物語的《ロマネスク》に織りなされてゆくのですから。本書は、『源氏物語』から選《え》り抜《ぬ》きの名場面や重要な一節を取り上げて鑑賞しながら、物語の大きな流れと、より深く読み味わうための留意点や必要な知識などをわかりやすく解説しています。また『源氏物語』には漢詩文の引用も多く、それが物語世界の奥行を深めていますので、とくに司馬遷《しばせん》の『史記』と、「長恨歌」をはじめとする白居易《はくきょい》の詩の引用については、やや詳しく解説しています。複雑な物語世界を見通しやすくするために、物語の本流の解説に重点を置いて、支流の物語は（そこにも本流に関わる重要な問題や名場面がたくさんあるのですが）、「ダイジェスト」で概説するに留めました。また光源氏没後の物語、いわゆる続篇も割愛《かつあい》しました。しかしそうした割愛と引き換えに、本書はこの分量としては望みうる最良の、充実した入門書となっていると自負しています。

（藤原克己）

『はじめて読む 源氏物語』●目次

7 薄雲・朝顔巻――藤壺退場 101

8 少女巻――物語の転換点 117

9 梅枝・藤裏葉巻――栄華の完成 132

【凡例】

一、源氏物語の本文は、小学館『新編日本古典文学全集　源氏物語』により、巻数とページ数を示した。たとえば「①三六」とあるのは、右の書の第一巻36ページのこと。なお引用に際しては、読みやすさを考慮し、主語や目的語、話者などを（　）で補い、表記等あらためたところもある。

一、現代語訳は、本文に忠実であるようにつとめつつも、主語や目的語を適宜補い、場合によっては意訳を行なうことによって、単独でも意味が通じるように心がけた。

一、比較的小さな巻や光源氏の栄光と挫折の軌跡に直接的に関わらない人物・エピソードについては、「ダイジェスト」に要点をまとめるにとどめ、細部に目を奪われすぎることによって物語ぜんたいの流れをつかみそこねることのないよう配慮した。

一、各章には、その巻の重要な場面やクライマックスに関わる絵を、東京大学国文学研究室蔵「絵入源氏物語」から採った（「絵入源氏物語」に関しては本書のコラム「たのしい『源氏絵』の世界」を参照）。掲載の許可をいただいた東京大学国文学研究室に記して感謝する。

一、本書に用いたクイズの絵は、すべて個人蔵本による。

1 桐壺《きりつぼ》巻——物語のはじまり

光源氏の父と母

ある帝の後宮《こうきゅう》に、それほど身分が高いわけではないのに、格別に寵《ちょう》愛《あい》を受けた一人の皇妃《きさき》がいた——そこから、この物語ははじまる。一般に「桐壺更衣《きりつぼのこうい》」と呼ばれる彼女は、「更衣」の名が示す通り、「女御《にょうご》」からは大きく身分がくだり、本来であれば後宮において、帝の愛を独占してよいような存在ではなかった。女御は女御として、更衣は更衣として、「分」と「ほど」をわきまえてこそ、宮廷社会の秩序は保たれる。身分高からぬ女《ひと》が、ひとり帝の愛を独占している——人々の心にたったさざなみは、次第に大きな波頭をえがき、ついには後宮世界に渦を巻く。他の皇妃たちの恨みや嫉《そね》みに、桐壺更衣は否応なく飲み込まれてゆくのであったが、しかしそうなればなるほど、桐壺帝の更衣への思いはつのる。一方の更衣も、父を失い主《おも》だった後見《うしろみ》が誰もいない以上、頼りになるのは帝しかおらず、自らの首を絞めることになるのはわかっていたかもしれないが、後宮のなかで孤立すればする

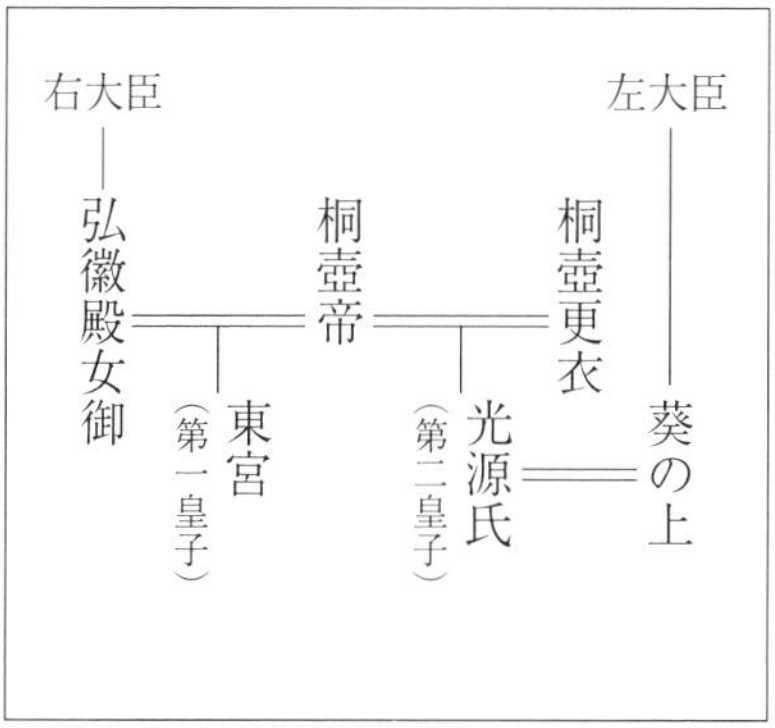

抱かれる光源氏　帝のもとに

ほど、帝に頼らざるをえない——かくして周囲の嫉妬や恨みには、いよいよ拍車がかかる。

　こうした皮肉としか言いようのない状況のなかで、更衣は男の子さえ授《さず》かりながら、ついに命を落とすのであったが、のこされた帝の嘆きは深い。更衣の実家にも手厚い弔問の使者が遣《つか》わされたが、そのさまは次のように描かれる。深更《よふけ》、弔問を終えた使いが宮中に帰り、携えた更衣ゆかりの品々を、帝が見分《けんぶん》する場面である。

（桐壺帝は）かの贈り物御覧ぜさす。「亡き人の住みか、たづね出でたりけんしるしのかむざしならましかば」と思ほすもいとかひなし。

たづねゆくまぼろしもがなつてにても魂《たま》のありかをそこと知るべく

絵に画《か》ける楊貴妃《やうきひ》のかたちは、いみじき絵師といへども、筆限りありければいとにほひ少なし。太液《たいえき》の芙蓉《ふよう》、未央《びあう》の柳も、げに通ひたりし（更衣の）かたちを、唐《から》めいたるよそひはうるはしうこそありけめ、なつかしう、らうたげなりしを思《おぼ》し出づるに、花《はな》鳥《とり》の色にも音《ね》にもよそふべき方《かた》ぞなき。（①三五）

更衣の実家から贈られた品々を、帝はご覧になる。帝は「かの玄宗皇帝は、幻術士《げんじゅつし》がもたらした楊貴妃《ようきひ》ゆかりのかんざしによって、亡き人が今どこに転生したのかを知ることができたという。同じく私も、この品々によって、更衣がいかなる世界に生まれ変わったのかを知ることができたら、どんなによかったたか」と思ってみるが、すべてはせんないこと。

亡き人を探しだす術を知るという幻術士《まぼろし》がいてくれたなら……。たとえ人づてであっても更衣が今どうしているのか、知ることができるのに。

絵に画かれた楊貴妃は、いかに巧みな絵師であっても、筆にはやはり限界があって色香にはどうしても欠けるところがある。「太液池の芙蓉《はちす》の花、未央宮殿の柳」とたとえられた楊貴妃が、我が身を彼の地の装束《もろこし》でかざりたてたさまは、なるほど端麗ではあったろうけれども、更衣の、見る者が自然と引き寄せられてしまうような懐かしさ、可憐さにくらべると、その魅力は、花の色、鳥の音にたとえようとしても、たとえようがない。

＊

【桐壺】

この一連の文章には、「楊貴妃《ようきひ》」といった人物の名前や「太液の芙蓉、未央の柳」といったフレーズがちりばめられ、ここまでの物語が、『長恨歌《ちょうごんか》』の世界と密接にかかわっていたことが種明かしされる。さてでは、その『長恨歌』の世界とはどのようなものであろう。『長恨歌』とは、唐王朝の全盛期を作り出した玄宗《げんそう》皇帝と楊貴妃《ようきひ》の間に起きた事件と動乱を材料に、中唐の詩人白居易《はくきょい》が描き出した長大な詩であり、玄宗が楊貴妃を偏愛したために、政治がおろそかになり、結果として、安禄山《あんろくざん》と史思明《ししめい》による反乱を招いて、ついには楊貴妃も命を落とすことになる、歴史上の事件に取材している。

桐壺帝が更衣を寵愛《ちょうあい》し、世人も「唐土《もろこし》にもかかることの起こりにこそ世も乱れ…楊貴妃の例《ためし》も引き出でつべくなりゆく」(こうしたことをきっかけにして、唐土でも国が乱れたのだと…楊貴妃の先例も持ち出して)噂をした、という『源氏物語』のストーリーが、『長恨歌《ちょうごんか》』をもとに描き出されたものであることは、右の場面に明らかであり、桐壺巻の物語は、紫式部がいちから考え出したストーリーではなく、白居易の『長恨歌』から大きな影響を受けて創作されたと一般に説明されるところである。

桐壺更衣と楊貴妃・白居易への挑戦

現代の読者からするとオリジナルストーリーこそ価値のあるものであり、『源氏物語』が、先行作品を踏まえたうえで作られたと知ると、がっかりする人もいるかもしれない。が、桐壺巻の物語は、『長恨歌』をよく理解し、踏まえつつも、それをそのままなぞるように描き出されているわけではないことにも——というより、そのことにこそ注意したい。

『長恨歌』と桐壺巻、どちらも、王者と、そのひたすらな愛情を受けた皇妃《きさき》の非業の死を描く点では同工《どうく》である。が、それぞれの女主人公を比較してみるとどうか。先の場面において、楊貴妃と桐壺更衣という二人の女性が対照的な人物として描き出されていたことに、読者の皆さんは気づいたろうか。

楊貴妃の「唐めいたるよそひはうるはしうこそありけめ、（更衣の）なつかしう、らうたげなりしを思し出づるに」——楊貴妃が唐風に飾り立てた麗《うるわ》しさはなるほど素晴らしかったろうが、更衣の美しさは、そのようなものではなかった、と語り手は言う。「なつかし」とは、見る人が自然にひきつけられてしまうような親しみやすさ、柔らかな魅力を意味する語。楊貴妃の「うるはし」さ、人を寄せつけぬような美しさとは対照的であり、更衣の「らうたげ」というのも、守ってやりたいような愛くるしさ、この物語では幼女や少女の可憐な魅力を表現するのに多く用いられる言葉である。物語は、楊貴妃を引き合いに出しながら、桐壺更衣は、それとはまったく異なった印象の美女であったと、語っているのである。

あるいはまた右の本文の後には、次のような文章もある。

（帝は亡き更衣のことを）**思しめしやりつつ、ともしびをかかげ尽くして起きおはします…夜の御殿《おとど》に入らせ給ひても、まどろませたまふことかたし。朝《あした》に起きさせたまふとても、明くるも知らでと思し出づるにも、なほ、朝《あさ》まつりごとは怠《おこた》らせたまひぬべかめり。**（①三六）

更衣をしのんで、夜になっても眠ることのできない帝のさまを語る一節だが、傍線部分の「ともしびをかかげ尽くして」（あかりを落とすことのないままいつまでも眠ることができない）も、「朝まつりごとは怠らせ給ひぬべかめり」〈朝を迎えても政務を執《と》ることがままならなくなってしまった〉も、ともに『長恨歌《ちょうごんか》』に見える表現。政治に手がつかなくなってしまった桐壺帝の日常を語るために、『長恨歌』のフレーズをそのまま引用している——と見えて、実はそうではない。

同じフレーズでありながら、その用いられ方は、『長恨歌』と桐壺巻、両者において大きくかけ離れているのである。すなわち『長恨歌』において、賢明な皇帝であった玄宗は、楊貴妃に出会うことによって彼女にすっかり魅《み》せられ、「朝まつりごとは怠らせ給ひぬべき」、政治をおろそかにすることになったのであったが、桐壺帝はそうではない。彼は、桐壺更衣《きりつぼのこうい》を失った、その悲嘆のために「朝まつりごとは怠らせ給ひぬべき」ことになったというのであり、両者は、その内実においておおきな隔《へだ》たりがある。

以上に明らかなように、「桐壺巻は『長恨歌』を下敷きに描かれている」といっても、その踏まえ方、引用の仕方は、単純な「翻案《ほんあん》」——〈玄宗・楊貴妃〉の男女を〈桐壺帝・更衣〉にまず置き換え、つづいて舞台を中国から平安朝の宮廷社会に据《す》えなおした——というような単純なものではない。『長恨歌』と比べてみればみるほど、『源氏物語』ならではの特徴なり、世界観なりが浮き彫りになってくるしかけなのであり、一歩進めて言えば、むしろこの物語は、自らが描き出す物語世界の特徴を際立《きわだ》たせるために、『長恨歌』を巧みに利用している、と言ってもよいように思われる。そのことが何よりはっきりするのが、先の桐壺帝の歌に他ならない。

たづねゆくまぼろしもがなつてにても魂のありかをそこと知るべく

この歌が、『長恨歌』の結末を踏まえたものであることは、平安朝の読者ならだれでも気づいたところであろう。「たづねゆくまぼろし」というのは、『長恨歌』の後半に登場する、幻術士《げんじゅつし》のこと。彼が、不可思議な術を使って、亡き楊貴妃の生まれ変わりと対面し、彼女からのメッセージと、楊貴妃形見の品であるかんざし（それは、幻術士が楊貴妃に再会したというのが口からでた出まかせでないことを証明する品となる）とを携《たずさ》えて、皇帝のもとに帰ってくるというのが、『長恨歌』の後半の展開であった。

が、ここでも『源氏物語』は、そうした『長恨歌』の世界をそのままなぞるところにとどまってはいない。それどころか、そのような幻術士が、もし自分にもいてくれたら、亡き更衣が今どこで何をしているのかも知ることができたのに……という帝の嘆息は、じっさいには、そのような幻術士など、この世にいるはずもないのだという現実の厳しさを浮き彫りにする。むしろ『長恨歌』の世界を真っ向から否定するような歌なのである。

このように見てくると、『長恨歌』と桐壺巻の関係は、次のようにまとめることができるであろう。死によって永遠に引き裂かれた男女を描きながら、『長恨歌』にはなお〈救い〉があった。亡くなった楊貴妃と再会こそできなかったが、玄宗は幻術士によって、楊貴妃の愛情深い言葉を伝え聞き、生前の彼女を思い起こすよすがとしてのかんざしも手に入れることができたのだから。『長恨歌』は、玄宗と楊貴妃の永遠の愛を賛美して、その世界は甘美なロマンチシズムに満ち満ちている。それに対して紫式部は、そうした、甘く、幻想的なムードをはっきりと退《しりぞ》けるのであり、桐壺巻を『長恨歌』の単なる焼き直しとはおよそ言い難いことは、以上に明らかであろう。

【桐壺】

かくして私たち読者は、そうした『源氏物語』ならではの、人の世についての、かわいた、冷徹なまなざしを、このあとさらに身に染みて知ることになる。あれだけ深く傷つき、いつ癒《い》えるとも知らない深刻な懊悩《おうのう》にくれていたはずの桐壺帝であったが、彼のもとには、やがて新たな美しい皇妃《きさき》が入内してくる。そしてそのことによって帝の心はすっかり癒され、満ち足りてしまったというのだから。

藤壺の登場

もちろん帝とて、かなり長い間、亡き更衣が忘れられず、どのような女《ひと》をみても、その心が晴れることはなかったのであるが、しかし、ある日のことである。後宮に新たな皇妃《きさき》が入内してきた。そのひとの名は藤壺《ふじつぼ》。先帝《せんだい》の女《おんな》四《し》の宮《みや》（先の帝の、第四皇女）という高貴な血筋に連なる彼女は、それればかりか、亡き桐壺更衣に瓜二つであった。桐壺帝が折にふれて更衣をしのぶことは、以来かげをひそめ、その心もすっかり平穏を取り戻すのであったが、それとは反対に、心を大きくかき乱されることになった男君が、ここにいる。言うまでもない、光源氏《ひかるげんじ》である。

桐壺更衣が、その最期まで、その将来を案じていたであろう玉のような男児《わすれがたみ》は、いつしか輝くばかりに美しい貴公子に成長していたが、彼は、この、後宮に新たに入内してきた若き佳人《かじん》に、つよく心ひかれることとなった。年のころも、桐壺帝よりも、むしろ光源氏と良いつり合いであり、ましてや宮廷に長くつかえてきた女官によれば、その姫宮は亡き桐壺更衣に「いとやうおぼえ」、そっくりであるという。若く美しい少年が、藤壺と呼ばれる女君にいよいよひきつけられることになったのは当然であろう。

噂の女《ひと》藤壺が、父帝の寵妃《ちょうき》であることを思えば、光源氏と藤壺の間に何かが起きてよいはずがない。しかし、二人の間には、きっと何かが起きてしまうのではないか、そうした危《あや》うい予感がどうしてもぬぐえないところであり、私たち読者は、そうしたサスペンスのにおいに引き寄せられるようにして、物語の森の奥深くへといざなわれていくこととなるが、はたしてその予感は的中することになるのかいなか。

いずれにせよ、藤壺という新たな女君の登場によって、桐壺帝の心は満たされ、反対に光源氏は「心ひとつにかかりて、いと苦しきまでぞおはしける」(苦しいほど、藤壺のことばかりが気にかかる)こととなった。桐壺帝が物語の主役の座から降りねばならない瞬間がそろそろ近づいたと言うべきであろう。満ち足りてしまったものは、物語の主人公にふさわしくない。さあ、いよいよ光源氏の物語の幕あけである。

【桐壺】

高麗《こま》の相人の観相・光源氏の臣籍降下

じつは藤壺の入内《じゅだい》に先駆けて、光源氏の人生にはもう一つの転機がもたらされてもいた。この時代の貴族たちにとって、外戚《がいせき》、すなわち母方の一族の存在は非常に大きな意味を持っていたが、母を失い、やがて祖母もなくし、はなから祖父も知らない光源氏には、しかるべき「後見《うしろみ》」がなかった。天涯孤独ともいうべき光源氏をどうしてやったものか。父帝は、かねて頭を悩ませていたが、遠く異境の地から、海を渡って使者が来朝したのは、ちょうどその頃のことである。一行のなかに、

光源氏の元服　御簾の向こうで見守る父帝

卓越した人相見《にんそうみ》（占い師のこと。相人《そうにん》と呼ばれる）がいることを知った帝は、光源氏を天皇の子としてではなく、ずっと身分の低い右大弁《うだいべん》の子と偽って、相人《そうにん》に面会させることとする。光源氏の顔をのぞきこんだ相人は、たびたび頭をかしげながら、こう告げるのであった。

帝王の上《かみ》なき位にのぼるべき相《さう》おはします人の、そなたにて見れば乱れ憂《うれ》ふることやあらむ。おほやけの固めとなりて、天《あめ》の下《した》をたすくる方《かた》にて見ればまたその相、違《たが》ふべし。（①四〇）

相人は言う。この子は、帝王の位につくべき特別な人相をしている、が、もし本当に彼が天皇に即位したならば、国が乱れ、民も憂いを抱くようなことがあるやもしれない、さてではこの子が臣下として朝廷を支える、その程度の位に甘んじていられるかというと、この大器、さようなところにとどまっていられようとも思われぬ——帝王相を備えながら天皇に即位すべきではなく、しかしまた臣下に下ることも相応《ふさわ》しからぬ運命《さだめ》。では、この子をどうせよというのか、天皇でも臣下でもない地位など、この世にあるのだろうか？　将来を占った相人自身が頭をひねったのと同様、桐壺帝も、そして私たち読者も、この不思議な占いに頭をかしげ、その答えを求めて、ページを繰《く》る指にも一段と弾みがつくこととなるが、その結末を知るのは、これも、まだまだ先の話。

ともかくその予言を受けて桐壺帝は、この子を臣籍にうつすこととした。後見もない彼が、天皇家にとどまっていることが、周囲の猜疑心《うたがい》を、今後ますます刺激することになるだろうと思ってのことであった。光源氏は、天皇家から臣下の側に籍をうつされてしまったのであるが、そうなると、「姓」がない天皇家の人々とは違って、彼にも「姓」が必要となる。この時代、皇族に生まれながら、臣下にくだったものには「源《みなもと》」の姓が与えられたが、彼も以後は「源のなにがし《みなもと》」と名乗ることになる。平安時代初期に嵯峨天皇の子どもたちが臣籍に下されて以来、「源」の姓を名乗る彼らは「源氏《げんじ》」と呼ばれたが、数多くの源氏がいる中で、この物語の主人公は、とりわけ美しく、輝くばかりの魅力を備えていたために、以後、「光る源氏」と呼ばれることになるのであった。

光源氏十二歳の元服と結婚

さてそのような次第で、臣籍に降下させられた光源氏であるが、この章の最後に取りあげたいのは、光源氏の元服（男子の成人式）と、彼が左大臣家の娘と婚姻したことが語られる次のような場面である。

【桐壺】

（十二歳になった源氏は）かうぶりしたまひて、御休み所にまかでたまひて、御衣《おんぞ》奉りかへて、下《お》りて拝したてまつりたまふさまに、皆人涙落としたまふ。帝（桐壺）はた、ましてえ忍びあへたまはず、思し紛るる折もありつる昔のこと、とりかへし悲しく思さる。いとかうきびはなるほどは、あげ劣りやと、（桐壺帝は）疑はしく思されつるを、（源氏は）あさましううつくしげさ添ひたまへり。引き入れの大臣《おとど》の皇女腹《みこばら》にただ一人かしづきたまふ御女《むすめ》、東宮《とうぐう》よりも御けしきあるを、思しわづらふことありけるは、この君に奉らむの御心なりけり。内裏《うち》（桐壺帝）にも、御けしき賜《たまは》らせ給へりければ、「さらば、この折の後見《うしろみ》なかめるを、添《そ》ひ臥《ぶ》しにも」ともよほさせたまひければ、さ思したり。（①四五）

元服した源氏は冠をつけ、休息のための御部屋におさがりになって、ご衣装をおかえになる。そこから庭に下りて拝舞《はいぶ》（お礼の舞のこと）なさる様子に、みな人は涙を落としなさるが、ことに桐壺帝は涙を禁じえず、最近ではふと忘れていることもあった、亡き桐壺更衣のことなどを思い出して悲嘆にくれなさるほかない。源氏がまだ小さいのに、髪を結いあげなどしたらかえって見劣りすることになるのではないか、そのように心配していた桐壺帝であるが、実際に目にしてみたら、驚くほどのかわいらしさ――すべては杞憂《きゆう》に終わるのであった。さて「引き入れ」の役（元服する人に、冠をかぶせてやる役目）をつとめられた左大臣は、桐壺帝の妹を妻とし、ふ

たりの間には目の中に入れてもいたくない鍾愛《しょうあい》の姫君までもうけなさっていたが、その姫君のもとに、ある日、東宮（桐壺帝の第一皇子。母は弘徽殿女御《こきでんのにょうご》）から入内《じゅだい》させるようにとのご意向が示された。が、そうした栄誉に左大臣は、あろうことか困ったことと眉をしかめなさる。というのも、この箱入り娘は、どうしても光源氏の君に差しあげたいとの思いが、左大臣にはあったからなのであった。そこで左大臣は桐壺帝に、こっそりそうした思いをほのめかしなさったところ、帝からは「それならば、元服の際の後見《うしろみ》をする人がいないようだから、そなたの娘を「添い臥し」（あとの解説参照）に」とのご意向。左大臣は、ぜひそのようにさせていただこうと、光源氏に娘を縁づけることにしたのであった。

＊

この時代、元服と同時に、男子は髪型を変えることとなるが、光源氏の童姿があまりにもかわいらしかったので、みずら（角髪）に結った髪を削ぎ落してしまうことを、人びとは密かに残念に思っていた。が、なんのなんの、髪あげした源氏の「うつくしげ」なること、かわいらしさは、以前にもますほどだったので、周りの者たちは、またしてもため息をつくほかない。光源氏十二歳の時のことである。

そこから話題は源氏の結婚のことへとうつるが、元服の儀式で「引き入れ」の役（冠をかぶせる役）もつとめた左大臣は、わが娘を源氏に縁づけたいとの思いをもって、桐壺帝の「みけしき」、ご意向をそれとなくうかがったところ、そのように娘を「添ひ臥し」（元服した身分の高い男子に、その夜、女子を選んで添い寝させる風習のこと。その相手がそのまま正妻になることも多かった）として、ことをすすめてよいとのご内意。光源氏と、左大臣家の箱入り娘・葵の上《あおいうえ》との婚姻は、このように成されたのであったが、実は彼女のもとには、別の相手からも、すでに求婚の申し出があったのだという。しかもその相手は「東宮《とうぐう》」。桐壺帝と、弘徽殿女御《こきでんのにょうご》との間に生まれた第一皇子であり、桐壺帝が退位した暁には、次の天皇として即位することが予定された人物である。そうした東宮からの申し出を、よりによって左大臣は袖にしたわけだが、さてそれにつけても、ここで左大臣が、わが婿として、東宮ではなく、源氏を選んだのはどうしてなのだろう。

ごく普通に考えたとき、東宮との縁談は、政治家にとって喉から手が出るような、願ってもない縁談のはずである。しかもそれが左大臣のほうからではなく、東宮のほうから出た話となれば、いよいよもってありがたい。鉄は熱いうちに打て——普通であれば、娘の入内《じゅだい》の準備にすぐにとりかかるはずだが、左大臣はそうではなかった。この左大臣の決断については、それがあまりに不可思議なものであるがゆえに、多くの読者の頭をひねらせてきたし、この本の読者の中にも、この左大臣の決断には納得がいかないという人がいるかもしれないが、しかしその一方で、こうした、いささか不思議な結婚の話は、世界の文学や歴史書に目を向けてみると、必ずしもめずらしいものではないことにも注意しておきたい。たとえば、紫式部も興味をもってその書物に目を通していたらしい中国の正史の第一、『史記《しき》』には、次のような逸話《いつわ》が見える。

劉邦《りゅうほう》と言えば、漢《かん》の国を興した人物として、『史記』の英傑たちのなかでも、折り紙付きの人物であり、彼とそのライバル項羽の間に繰り広げられたドラマは、今日の日本の教科書でも、「四面《しめん》楚歌《そか》」の故事などでおなじみであろう。さて、そのように泣く子も黙る英雄、劉邦も、若いころは、ほら吹きで怠け者と言ってもよい男として、その名が通っていた。将来を約束された人物には程遠かったわけであるが、そうした彼のうちに、将来の大器を見抜いて、わが娘を縁づけようとする人物が現れたところから、運命の重い歯車はゆっくりと動き出す。その人の名は呂公《りょこう》。この呂公だけは、劉邦の容貌を見ると驚き、すぐに、わが娘を劉邦の妻として差し出してしまったのである。いまだ何者でもない、出世前の青年に、自ら進んでわが娘を縁づけてしまった男の話という点で、左大臣と呂公のエピソードはとてもよく似ている。しかも、左大臣のもとに東宮からの入内の要請があったのと同じように、呂公のもとにも、ずっと地位の高い沛《はい》の県令から、ぜひそなたの娘を我が妻にという申し出があったというのだから、『源氏物語』と『史記』、それぞれが伝える二人の英雄の結婚のエピソードの重なりは、いよいよである。紫式部が、劉邦の逸話を参考にして光源氏の結婚の場面を描いたのだ、というようなことを言いたいのではない。物語の中だけに目を凝らしていると不可思議としか言いようのない左大臣の決断も、このように物語の外にも目を向けてみると、けっして類例のない話ではないことに注意したいのである。

まだ海のものとも山のものともつかない青年と、そのうちに、他の人物にはない天性のかがやきを感じ、人が羨《うらや》む縁談を断ってまで、最愛の娘を輿入れさせてしまう男（呂公、左大臣）の物語――むしろ、劉邦のような英傑や、光源氏のような主人公の結婚には、こうしたドラマティックで、現実にはありえない、いかにも物語的《ロマネスク》なあり方のほうがふさわしいとさえ思われてくる。左大臣は目の前の光源氏の魅力にすっかり魅了され、現実的な打算や知略をすっかり失ってしまった、光源氏の光暈《オーラ》はそれほどのものだったのであり、左大臣は、目の前の成功よりも、光源氏という名の夢にかけた――そうした場面として、このエピソードは読み解かれるべきであろう。
　さて左大臣の賭けは、吉と出るか、凶と出るか？　臣籍に下された光源氏の運命は？　そして藤壺との関係はどうなってゆくのであろう？　読者の胸が躍るような謎やサスペンスを周到に用意して、『源氏物語』の世界は、いま本格的な幕開けをはたす。

（今井　上）

ダイジェスト1

帚木三帖《ははきぎさんじょう》

桐壺に続く帚木《ははきぎ》・空蝉《うつせみ》・夕顔《ゆうがお》の三帖は、光源氏十七歳の夏から冬にかけてのできごとを描いた短篇的な巻々で、「帚木三帖」と呼ばれる。

帚木巻の冒頭には「雨夜《あまよ》の品定《しなさだ》め」と呼ばれる女性論が置かれる。五月雨《さみだれ》の降る夜、光源氏が宮中で宿直をしているところに、頭中将《とうのちゅうじょう》（葵の上の兄）ら仲間の貴公子たちが訪れて自分の恋愛体験を語り、女性を三つの「品《しな》」、つまり上流・中流・下流の三つの階級に分けて論じるのであったが、これを契機に、光源氏はそれまで交渉のなかった中流の女性に興味を持つ。そして、方違《かたたが》え（外出のさいに、災いとされる方角を避けるために、前夜に別の方角の家に泊まりなどすること）に出かけた紀伊守《きのかみ》邸で、紀伊守の継母《ままはは》の空蝉（伊予介《いよのすけ》の妻）という中流の女性と契りを結ぶ。空蝉も光源氏に惹かれる気持ちがないわけではないが、自らと光源氏の、あまりの立場のへだたりを考えて再度の逢瀬を拒む。（帚木）

空蝉巻に入っても、光源氏は空蝉への思いを断ちがたく、空蝉の弟の小君《こぎみ》に手引きをさせて寝所に近づくが、空蝉は光源氏の気配に気づき、一緒に眠っていた継子《ままこ》の軒端荻《のきばのおぎ》を残して、蝉が脱皮するかのように小袿《こうちぎ》を脱ぎ捨てて逃げてしまう。空蝉というのは蝉の抜《ぬ》け殻《がら》の意味で、このエピソードがこの女性と巻の命名の由来となっている。（空蝉）

つづく夕顔巻において、光源氏は葵《あおい》の上《うえ》や六条御息所《ろくじょうのみやすんどころ》のような上流の女性に息苦しさを感じ、中流でおっとりとした性格の夕顔（夕顔の花の咲く家に住んでいたことからの命名）に癒《いや》され、耽溺《たんでき》するが、夕顔は光源氏と一夜を過ごした某院《なにがしのいん》で急死してしまう。その後、夕顔の正体は「雨夜の品定め」で頭中将が今も忘れられずにいると話していた女性であることがわかり、二人の間に女の子（後に玉鬘《たまかずら》と呼ばれる）が生まれていたことも明らかになるが、行方がわからなくなってしまったため、光源氏はその子を引き取ることができなかった。（夕顔）

（松野　彩）

2 若紫《わかむらさき》巻——紫の上と藤壺

紫の上との出会い・女性の髪

若紫巻は光源氏十八歳の春、三月末のできごとから始まる。光源氏は瘧《わらわやみ》病を治すために、有名な修験者《しゅげんじゃ》（山岳で修行をし特別な験力《げんりき》を獲得した者）が住む京都郊外の北山《きたやま》を訪れた。瘧病は、現代ではマラリアと呼ばれる病気のこととされ、医学の発達していない古代社会のこと、修験者は光源氏に護符《ごふ》（お札のようなもの）を飲ませ、加持祈祷《かじきとう》を行ったが、用心のために夜にも加持を受けるように勧めた。

そこで、夜までの時間が空いた光源氏は、夕方の薄闇《うすやみ》にまぎれて、乳母子《めのとご》の惟光《これみつ》だけを供《とも》に連れて、近くにある僧侶の住む建物をのぞきにいった。その建物に女性たちが出入りしていることを昼間のうちに確かめ、関心を持っていたからである。光源氏らが生《い》け垣《がき》の外からのぞいていると、建物の中では四十歳ぐらいの尼が座っていて、経を誦《よ》んでおり、使用人として小綺麗《こぎれい》な大人の女房が二人と、童女《めのわらわ》たちが見える。そこに、一人の可愛らしい少女が駆け込んできた。

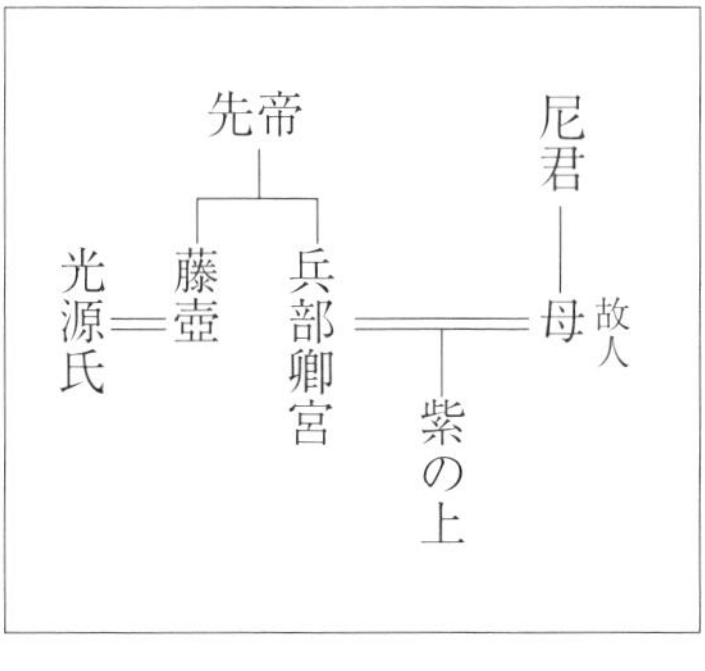

おさない紫の上　光源氏との出会い

十ばかりやあらむと見えて、白き衣《きぬ》、山吹《やまぶき》などの萎《な》えたる着て走り来たる女子《をむなご》、あまた見えつる子どもに似るべうもあらず、いみじく生《お》ひ先見えてうつくしげなる容貌《かたち》なり。髪は扇《あふぎ》をひろげたるやうにゆらゆらとして、顔はいと赤くすりなして立てり。（尼君）「何ごとぞや。童べと腹立ちたまへるか」とて、尼君の見上げたるに、すこしおぼえたるところあれば、子なめりと見たまふ。（紫の上）「雀《すずめ》の子を犬君《いぬき》が逃がしつる、伏籠《ふせご》の中《うち》に籠《こ》めたりつるものを」とて、いと口惜《くちを》しと思へり。（①二〇六）

年齢は十歳ぐらいだろうかと見えて、白い衣《ころも》の上に山吹襲《やまぶきがさね》の体になじんだ衣装を着て走って来た女の子は、他に何人も見えた童女たちとは全く違って、将来、きっと美しく成長するだろうと想像されて、かわいらしい顔立ちである。髪は扇を広げたようにゆらゆらとして、顔は涙をこぼしたのを手でこすってひどく赤くして立っている。尼君は「何事かありましたか。女童《めのわらわ》たちと喧嘩をなさいましたか」と言って、立っている少女を見上げたところ、尼君と少し似ているところがあるので、少女は尼君の子であろうと光源氏はお考えになった。紫の上は「雀の子を犬君が逃がしてしまったの、伏籠の中に閉じこめておいたのに」と言って、とても残念そうにしている。

＊

よく知られた紫の上の登場場面である。この一節は江戸時代につくられた『絵入源氏物語』でも絵画化されており、前ページの画面の左端の子が紫の上である。彼女は「髪は扇をひろげたるやうにゆらゆらとして」とあるように、ゆたかな髪の持ち主として私たち読者の前に姿をあらわすが、この髪型は「振《ふ》り分《わ》け髪《がみ》」と呼ばれる子どもの髪型である。この当時の貴族は、成人前と成人後の髪型を分けることで、見ただけで大人と子どもの区別がつくようにしていた。「振り分け髪」は「おかっぱ」と説明されることもあるが、前髪は側頭部の髪と同じ長さなので、前髪を眉や目の高さで切り揃える「おかっぱ」とは少し異なる。その「振り分け髪」が扇状に「ゆらゆら」と揺れて広がっているということは、髪が直毛で量が豊かであることを表していよう。

平安時代の美人の条件の一つに髪の美しさがあった。髪の美しさの基準として、（1）直毛であること、（2）量が多いこと、（3）艶《つや》があること、（4）黒いこと、（5）長いこと、などがあげられる。紫の上は、この（1）（2）の条件をすでに満たしていることになるが、光源氏の目がこの少女に釘づけになったのは、その髪のせいだけではなかった。

【若紫】

藤壺にそっくり

捕まえた雀に逃げられて泣きべそをかいている幼い紫の上に光源氏の目がとまったのはなぜか。

（紫の上の）つらつきいとらうたげにて、眉《まゆ》のわたりうちけぶり、いはけなくかいやりたる額《ひたひ》つき、髪《かむ》ざしいみじううつくし。ねびゆかむさまゆかしき人かな、と（光源氏は）目とまりたまふ。さるは、限りなう心を尽くしきこゆる人にいとよう似たてまつれるがまもらるるなりけり、と思ふにも涙ぞ落つる。（①二〇七）

紫の上の顔つきは本当にかわいらしく、大人のように眉毛を抜いていないため眉がほんのりと生えていて、あどけなく掻き上げている額や髪の様子がとても美しい。成長していく様子を見たい人だな、と光源氏の目がとまりなさる。それというのも、光源氏が心の底からお慕い申し上げている藤壺にとてもよく似ているので、目が釘づけになったのだった、と思うにつけても感極まって涙が落ちる。

＊

それは、彼女が「ねびゆかむさまゆかしき」、将来がとてもたのしみなかわいらしさに満ちあふれているばかりでなく、この少女が「限りなう心を尽くしきこゆる人」、——光源氏が心にかけてやまぬ藤壺にそっくりだったからでもある。「涙ぞ落つる」ほど感動した彼は、右の一節の後、紫の上が藤壺の姪であることを知るにいたり、なんとかして自分のもとに迎えられないかと祖母の尼君やその兄にかけあうが、受け入れられないまま帰京する。この物語を長く支えることになるヒロイン紫の上との出会いは、このように果たされたのであったが、若紫巻の物語は、その後、右のみずみずしい場面からは一転、次のような衝撃的な展開へと進んでゆくことになる。

藤壺と光源氏の逢瀬《おうせ》

北山から帰京した光源氏の人生にはほぼ同じころ、大きな転期がおとずれる。

藤壺の宮、なやみたまふことありて、まかでたまへり。上《うへ》（桐壺帝）のおぼつかながり嘆ききこえたまふ御気色《けしき》も、（光源氏は）いといとほしう見たてまつりながら、かかるをりだにと心もあくがれまどひて、いづくにもいづくにもまうでたまはず、内裏《うち》にても里にても、昼はつれづれとながめ暮らして、暮るれば王命婦《わうみやうぶ》を責《せ》め歩《あり》きたまふ。いかがたばかりけむ、いとわりなくて見たてまつるほどさへ、現《うつつ》とはおぼえぬぞわびしきや。宮（藤壺）もあさましかりしを思し出づるだに、世とともの御もの思ひなるを、さてだにやみなむと深う思したるに、いと心憂《こころう》くて、いみじき御気色なるものから、なつかしうらうたげに、さりとてうちとけず心深う恥づかしげなる御もてなしなどのなほ人に似させたまはぬを、などかなのめなることだにうちまじりたまはざりけむと、（源氏は）つらうさへぞ思さるる。（①二三〇）

藤壺は、体調を崩して、療養のために宮中から実家に里下《さとさ》がりなさる。桐壺帝が藤壺の体調を心配して不安に思ってお嘆きになる御様子も、光源氏はお気の毒だと拝見しながら、せめて藤壺が実家にいるこの機会にと、まるで魂が体から抜け出したかのように思い乱れ、ほかにはいっさいお出かけにならずに、宮中にいても自宅の二条院にいても、昼はずっと物思いにふけって過ごして、日が暮れると藤壺に仕える女官の王命婦《おうみょうぶ》に藤壺との逢瀬《おうせ》の機会を作ってくれるように頼み続けなさる。いったいどのように画策したのだろうか、王命婦はついにその機会を作ったが、藤壺との逢瀬のさなかでも、光源氏には夢のようで現実とは思われないのはつらいことだった。一方の藤壺にとっても思いがけないかつての逢瀬を思い出すだけでも一生の物思いの種であり、せめてあの一度きりで終わりにしようと深く思っていらっしゃったのに、再び光源氏と逢瀬を持つことになったのはとてもつらくて、たまらない御様子であるものの、親しみ深く可愛らしい感じで、そうはいってもうちとけず思慮深くこちらが気後れするほど気丈にふるまっていらっしゃる。その様子が理想的で、やはり他の誰にも似ていらっしゃらないのを、どうして不十分なところを少しでも持ち合わせていらっしゃらないのだろうか、そうすれば思いを断つこともできるのにと、光源氏には藤壺のことが恨めしいとさえ思われる。

＊

「藤壺の宮、なやみたまふことありて」という表現の「なやみ」は病気になることを意味する。現在では、「なやむ」は精神的な苦しみをさす言葉だが、平安時代は身体的な苦痛を主に意味する言葉であった。この時代、病人や死者と同じ敷地、特に同じ建物の中にいることを忌む慣習があり、

【若紫】

宮中で重い病気にかかったものは、帝《みかど》の皇妃《きさき》であっても宮中にいることはできず、実家で静養することになっていた。そのため、藤壺も宮中を出て、里下がりしたのである。

平安貴族の姫君は、多くの侍女たちにかしずかれて暮らしており、男女の逢瀬を持つには、腹心の侍女を味方につけ、手引きさせることが最も有効な手段であった。光源氏の場合も「王命婦《わうみやうぶ》を責め歩き」とあるように、藤壺の最も近くで仕える女房に手引きを頼み、とうとう逢瀬の機会を得たのであったが、それにつづけて「宮もあさましかりしを思し出づるだに」とあるところは注目すべき部分である。この「し」は過去をあらわす言葉で、二人がすでに逢瀬を経験しており、この場面は二度目の逢瀬であることを暗示している。しかし、ここまでの物語を通読してきた人は、一度目の逢瀬の場面を読んだ記憶がないことに気づくはずである。

実は、このような叙述法は、『源氏物語』にしばしば見られるもので、それまでの経緯をあえて書かないことによって、読者の想像をかきたてるという描写方法である。他にも、後に登場する六条御息所《ろくじょうのみやすんどころ》、朝顔の姫君などについても同様の描き方がとられている。それぞれの女君は、その場面で初めて登場したはずなのに、まるで前に出てきたかのように書かれていて、読者は、光源氏と女性たちとの最初の出会いの場面はどのようなものであったかと、興味を持つ。しかし、そのような場面は作品の中に書かれていないので、読者は光源氏と女性たちとの出会いを思い思いに心に浮かべて楽しむことができるという趣向である。右の場面でも、光源氏と藤壺の初めての逢瀬はどのようなものであったか、読者の想像はさまざまにかきたてられることになる。

光源氏と藤壺　夏の夜の夢

光源氏と藤壺の和歌の贈答

右の場面で、光源氏が藤壺との逢瀬《おうせ》を「現《うつつ》とはおぼえぬ」、現実のものとは思えないと思っていたように、光源氏にとって、藤壺との逢瀬はまるで夢の中にいるような体験であった。そして、光源氏はその感動を和歌に込めて藤壺に詠《よ》みかけた。

見てもまたあふよまれなる夢の中《うち》に
やがてまぎるるわが身ともがな
とむせかへりたまふさまも、さすがにいみじければ、
世がたりに人や伝へんたぐひなくうき身を醒《さ》めぬ夢になしても
思し乱れたるさまも、いとことわりにかたじけなし。（①二三一）

（源氏）このように逢えても、再び逢う夜があるかどうか。夢の中のような逢瀬だから、
このままこの夢の中にわが身を溶け込ませてしまいたい。

と、光源氏が息を詰まらせて激しく泣いていらっしゃる様子も、なびいてはいけないと思うも

のの藤壺の心にしみて、
（藤壺）世間の語りぐさとして人々は後々の世まで伝えるのではないでしょうか。今日の
一件を夢の中での出来事だと思ってみても。
あれこれと思い悩んでいらっしゃる藤壺の様子も、本当にもっともで恐れ多い。

＊

やっと逢瀬をもてた感動と、たとえ夢の中でも永遠にともにありたいと願う気持を詠んだ光源氏の情熱的な歌は、藤壺の心を動かした。藤壺には、返歌をしないことによって、光源氏の気持や行動が不快であると伝える選択肢もあったはずだが、女から見た光源氏のさまが「さすがにいみじければ」とあるように、光源氏の思いが心にしみたからこそ彼女も返歌をしている。

しかし、その返歌の内容は、光源氏とちがって一夜の夢におぼれるのではなく、現実を見つめたものとなっている。二人の関係は二重に禁忌の関係（皇妃《きさき》と臣下の恋、かつ義母と継子の恋）であり、それが世間の語り草となることを藤壺は気にせずにはいられない。そして、そのような世間の噂になるような禁忌を犯した自分の境遇を、下の句では「醒めぬ夢になしても」、夢であってほしいと詠んでいる。

このように、この逢瀬の場面での和歌からは、二人の心情に大きなへだたりがあることが伺《うかが》える。とはいえ、この場面を読む限り、藤壺は光源氏を全く拒絶しているわけではなく、光源氏の情熱と、現実との間で揺れ動く心理が描かれていることをおさえておきたい。

そして、この二度目の逢瀬がもとで、藤壺は光源氏の子を懐妊する。懐妊して三月目《みつきめ》になると藤

壺のお腹は目立つようになった。さすがに隠しておけず、桐壺帝に報告すると、何も知らぬ桐壺帝はすなおに喜び、藤壺をますます愛おしく思うようになった。

紫の上と継母

さて一方で、光源氏が北山で出会った紫の上の身辺にも大きな変化が起きていた。祖母の尼君は、紫の上をともなって北山から帰京していたが、秋の終わりに亡くなってしまった。紫の上は母につづいて祖母までなくしたのであるが、冬になり、紫の上の父の兵部卿宮《ひょうぶきょうのみや》は、荒れた屋敷で暮らす紫の上を憐れみ、彼女を、今の妻と住む屋敷に引き取ることにした。しかし、兵部卿宮の妻は、かつて紫の上の母をいじめ、それがもとで紫の上の母は死期を早めた経緯がある。亡き尼君も紫の上を継母《ままはは》に預けることを不安に思っており、そのことが紫の上の世話を何くれとやいている乳母《めのと》から、光源氏に次のように伝えられる。

故姫君のいと情《なさけ》なくうきものに思ひきこえたまへりしに、いとむげに児《ちご》ならぬ齢《よはひ》の、またはかばかしう人のおもむけをも見知りたまはず、中空《なかぞら》なる御ほどにて、あまたものしたまふなる中の侮《あなづ》らはしき人にてや交じりたまはんなど、過ぎたまひぬるも、世とともに思し嘆きつるも……（①二四一）

――紫の上の亡き母が、本当に思いやりがない方と思っていらっしゃった兵部卿宮の正妻のもとに、紫の上が物心がつかないという年齢ではなく、かといってはっきりと人のお気持ちがもおわかりになるというわけでもない、中途半端な年齢でひきとられ、何人もいらっしゃる異母姉妹の中で軽くあつかわれてお過ごしになるであろうことを、亡くなった尼君はずっと心配していらっしゃいましたし……

＊

継母《ままはは》が我が子を可愛がり、夫と他の女性との間に生まれた子をいじめるという、西洋のシンデレラに代表されるようなストーリーは、平安時代の物語にもしばしばとりあげられる素材で、「継子《ままこ》いじめ」のパターンと呼ばれている。『源氏物語』よりも少し前に成立した『宇津保《うつほ》物語』などにもそれは見られ、『落窪《おちくぼ》物語』はこの「継子いじめ」で有名な作品である。なお、紫の上・紫の上の母・兵部卿宮の北の方のような、子・実母・継母の関係は、桐壺巻にすでに描かれていた光源氏・桐壺更衣《きりつぼのこうい》・弘徽殿女御《こきでんのにょうご》の関係と同じである。桐壺巻で、弘徽殿女御が光源氏を憎む様子を読んできた読者は、愛らしい紫の上が、このまま継母によってひどいいじめを受けるのではないかと、はらはらしながら先の展開を読んでいくことになる。

二条院での紫の上の幸せ

しかし、実際には、紫の上が「継子いじめ」にあうことはなかった。光源氏が、父の邸宅に引き取られる前日に、紫の上を秘かに自宅の二条院《にじょういん》に迎え、救いだしたからである。そしてその二条院こそ、紫の上の安住の地となった。光源氏が用意した遊び相手の少女たちと仲良く遊ぶさまは次のように描かれる。

【若紫】

御遊びがたきの童《わらは》べ、児《ちご》ども、いとめづらかにいまめかしき御ありさまどもなれば、思ふことなくて遊びあへり。君は、男君《をとこぎみ》のおはせずなどしてさうざうしき夕暮などばかりぞ、尼君を恋ひきこえたまひて、うち泣きなどしたまへど、宮をばことに思ひ出できこえたまはず。もとより見ならひきこえたまはでならひたまへれば、今はただこの後《のち》の親をいみじう睦《むつ》びまつはしきこえたまふ。（①二六一）

遊び相手の女童や幼い子供は、光源氏と紫の上がとてもすばらしく現代風な御様子なので、満足して遊んでいる。紫の上は、光源氏がおでかけになっていて寂しい夕暮れなどには、亡き祖母の尼君を慕い申し上げなさって、ちょっと泣きなどもなさるけれども、父兵部卿宮のことは思い出し申し上げることがない。もともと実の父とは離れてくらし見慣れていらっしゃらなかったので、今はただこの後の親となった光源氏に親しみ、まとわりつき申し上げていらっしゃる。

＊

紫の上は同居していなかった父親のことは思い出さず、光源氏を「後の親」、つまり、親代わりとして、まとわりつくほどに親しんでいる。光源氏としてもこの可憐な少女を幼い娘のように懐《ふところ》に抱き、愛《いと》おしんだ。若紫巻の後半の物語は、ありふれた「継子いじめ」のパターンになるのかな？と読者に思わせておきながら、それを裏切るハッピーエンドのかたちでしめくくられる。このあと、この可憐な少女はどのように成長してゆくのであろうか。

（松野　彩）

ダイジェスト2 末摘花《すえつむはな》巻

某院《なにがしのいん》で怪死をとげた夕顔《ゆうがお》のことを忘れられない光源氏は、夕顔と同じようにやさしい性格で、心細い身の上のひと——もともとは高貴な家柄の出身でありながら、両親を亡くすなどして、今は頼れる人もなくひっそりと暮らしている女君はいないものだろうかと、探し求めていた。

ある春の日、光源氏は乳母《めのと》の娘である大輔命婦《たいふのみようぶ》から、亡くなった常陸宮《ひたちのみや》の姫君が一人さびしく暮らしていることを聞かされ、興味を惹《ひ》かれる。命婦の案内で、梅がかぐわしく香るおぼろ月夜に常陸宮邸を訪れた光源氏は、姫君の奏《かな》でるかすかな琴《きん》の琴《こと》の音を聴いて、まだ見ぬ姫君への恋心を募らせた。実はこの晩、光源氏は頭中将《とうのちゅうじょう》に後をつけられており、その後、二人は競い合うようにして姫君に文をおくり合うが、はかばかしい返事は得られなかった。

姫君への関心は持ちつづけながらも、光源氏は公私に忙しく過ごし、季節は秋を迎えていた。大輔命婦の導きで、ついに姫君と契りを交わした光源氏だが、姫君は極度のひっこみじあんのようで、光源氏に対する反応がいささかおかしい。後朝《きぬぎぬ》の文《ふみ》の返事も古ぼけた紙に古風な文字で気の利かない歌が書かれたものだった。光源氏はすっかり落胆し、通いも途絶えがちになったが、雪のひどく降る夜に姫君のもとを訪れた、その翌朝、雪の光の中で姫君の姿を見てその醜さ——とりわけ、長く垂れ下がっている上に先が赤い、べに色の鼻に驚愕する（この姫君を「末摘花」と呼び習わしているのは、末摘「花」（ベニバナ）と姫君の「鼻」をかけた歌を光源氏が詠むためである）。姫君の装束も時代遅れ、かつ非常識なもので、防寒のためとはいえ黒貂《くろてん》の皮衣を着ており、光源氏を閉口させる。しかし、他に寒さをしのぐすべのない姫君の貧しさを理解した光源氏は姫君を末永く援助することを心に決めるのであった。

（林　悠子）

3 紅葉賀《もみじのが》・花宴巻《はなのえん》——光源氏 青春の恋

紅葉と花・一対の物語

紫の上との出会い、そして藤壺との密通が語られ、光源氏の人生がいよいよ大きく動き出した若紫巻の後、挿話的な要素の強い末摘花巻を経て、物語は紅葉賀巻・花宴巻に至る。巻名が「紅葉」と「花」の対《つい》であることからも分かるように、物語は意識的に両巻を一対の物語として描いている。

そのことは紅葉賀・花宴の両方の巻の冒頭に、壮麗な儀式の描写があることからも、うかがえよう。紅葉の季節に行われた朱雀院行幸の試楽《しがく》（予行演習）と、桜のもと、宮中の紫宸殿《ししんでん》で行われた花の宴。いずれにおいても光源氏はその才能をのびのびと発揮し、列席者たちに強い感動を与えている。そして、いずれの儀式にも藤壺が臨席しており、御簾《みす》の内から光源氏の麗姿《れいし》を複雑な思いで見つめているのであった。

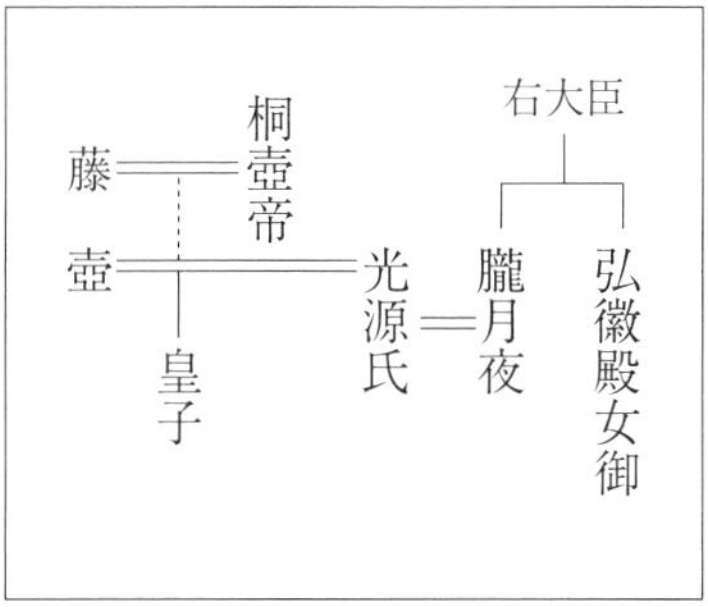

禁断の恋に対する光源氏と藤壺の懊悩《おうのう》が描かれる一方で、紅葉賀・花宴両巻は光源氏の輝かしい

青海波　光源氏と頭中将

青春を記す巻でもある。高貴な出自《しゅつじ》と「光る」容貌に加えて、学問や音楽などありとあらゆることで卓越した才能を発揮する主人公の青春を、物語はどのように語るのであろうか。

紅葉賀・青海波《せいがいは》の舞

若き光源氏の儀式での活躍が、読者の記憶にとりわけ印象づけられる場面の一つが、紅葉賀巻冒頭、光源氏が青海波《せいがいは》を舞う場面である。

十月二十日過ぎ、紅葉の盛りに朱雀院行幸が催されることになった。上皇である朱雀院――この人物が桐壺帝の父なのか兄なのか物語には書かれないので分からないのだが――のもとを今の帝である桐壺帝が訪れ、「参賀《さんが》」つまり長寿のお祝いをしようというのである。

この催しが、大がかりな準備を伴う盛大な儀式であることは、本書では省略したが、二ヶ月ほど前から舞楽の舞人の選定が行われていることが若紫巻に書かれていることからもうかがえる。後宮の女御や更衣たちは上皇御所まで出かけてゆくことがかなわないので、この盛儀を見逃すことを口惜しく思っていたのだが、桐壺帝も藤壺がご覧になれないのを物足りなく思っていたので、舞の予行演習、すなわち「試楽《しがく》」を藤壺も見られる清涼殿《せいりょうでん》の前庭で行わせることにしたと物語は説明する。
この時代、舞楽を伴う儀式の前に、予行演習である試楽を行うことは一般的なことであったが、重要なのは桐壺帝が藤壺のために特に清涼殿の前庭における試楽を用意したと物語が強調していることだろう。桐壺帝は最愛の皇妃《きさき》である藤壺に、ぜひ愛息光源氏の晴れ姿を見せたかったのだ。それがどんなに皮肉なことかは後で確認するとして、まずは試楽の日に光源氏が青海波の舞を舞う様子をたっぷりと読み味わうことにしよう。

源氏の中将は、青海波をぞ舞ひたまひける。片手には大殿の頭中将《とうのちゆうじやう》、容貌《かたち》、用意、人にはことなるを、立ち並びては、なほ花のかたはらの深山木《みやまぎ》なり。入り方の日影さやかにさしたるに、楽の声まさり、もののおもしろきほどに、同じ舞の足踏《あしぶみ》、面持《おももち》、世に見えぬさまなり。詠《えい》などしたまへるは、これや仏の御迦陵頻伽《かりようびんが》の声ならむと聞こゆ。おもしろくあはれなるに、帝、涙をのごひたまひ、上達部《かむだちめ》、親王たちもみな泣きたまひぬ。詠はてて袖うちなほしたまへるに、待ちとりたる楽のにぎはしきに、顔の色あひまさりて、常よりも光ると見えたまふ。（①三一一）

源氏の中将は青海波の舞を舞われる。（青海波は二人で舞う舞なので）もう一人の舞手は左大臣家の頭中将が務めた。頭中将は容姿もふるまいも普通の人とは違って優れているのだけれども、光源氏と立ち並ぶと、咲き誇る桜のかたわらに生えている趣のない深山木といった様子である。

夕暮れ時の西に沈んでゆく日の光があざやかに差してきて、演奏される音楽の音がいっそう美しく響き渡り、しみじみと心に染みる状況で、同じ舞でも光源氏の足拍子や顔つきはこの世のものと思われないすばらしさである。光源氏が朗詠などなさる声は、これこそ仏のおわす浄土で、妙《たえ》なる声で歌うという迦陵頻伽《かりょうびんが》の声かと聞こえる。趣深く感動的な光源氏の朗詠に、桐壺帝は流れる涙をお拭いになり、上達部・親王たちもみなお泣きになる。朗詠が終わって光源氏が袖を元に戻されると、待ち受けていた音楽がにぎやかに奏でられ、高揚《こうよう》した光源氏のお顔色がひときわ映えて、ふだんにまして光っているように見える。

*

「青海波《せいがいは》」は現在でも上演される機会が比較的多い舞楽で、二人舞である。光源氏とともに舞ったのは、左大臣家の頭中将《とうのちゅうじょう》。光源氏のいとこにあたり（桐壺帝と、頭中将の母・大宮《おおみや》とは同腹の兄妹）、かつ女きょうだいの葵の上は光源氏の正妻であるから（桐壺巻の章）、義兄弟でもある人物。臣下とは言え、最高位の左大臣家の息子で、皇族の血も引く頭中将であるから、さすが名門の子弟らしく「容貌《かたち》用意人にはことなる」、容姿もふるまいも格別なのだけれども、光源氏と「立ち並びては、なほ花のかたはらの深山木なり」と、語り手の評言は辛辣《しんらつ》である。光源氏と頭中将は末摘花をめぐって挑み合ったりもし（ダイジェスト2）、頭中将は光源氏の「好敵手」などと言われることもあるが、物語が筆を尽くして光源氏の舞を礼賛するこの場面からは、光源氏が圧倒的優位に立っていることが読み取れるだろう。

　引用文中に「詠《えい》などしたまへる」「詠果てて」とある「詠」は、青海波にあわせて漢詩を朗詠したものと言われている。九世紀の日本の漢詩人である小野篁《おののたかむら》作の漢詩を朗詠したとされているが、残念ながら現在の青海波の上演の際には行われていない。光源氏の見事な「詠」は、極楽に住むと言われる想像上の鳥、迦陵頻伽《かりょうびんが》の声を思わせ、桐壺帝ほか列席している人々の感涙を誘う。夕日が赤々と差し、舞に伴奏する管絃の音がはなやかに響くという万全の舞台で、舞い、朗詠した光源氏の顔はいきいきと紅潮していただろう。「常よりも光る」美しさだったと言う。

そして実はこうした光源氏の麗姿《れいし》を見ていたのは桐壺帝と上達部・親王たちだけではなかった。藤壺もまた簾中《れんちゅう》から光源氏の姿を見つめていたのである。「おほけなき心のなからましかば、ましてめでたく見えまし」（おそれ多い心がなければ、まして光源氏のことがすばらしく見えただろうに）と心の中で思いながら（①三一二）……この時、藤壺は懐妊して半年ほどであった。

藤壺は試楽の晩、桐壺帝に召されて夜を共にする。「今日の試楽は、青海波に事みな尽きぬな。いかが見たまひつる」（今日の試楽は、青海波が圧倒的で他がかすんでしまったね。どのようにご覧になりましたか）――最愛の皇妃《きさき》である藤壺と、感動を共有したい桐壺帝はそう問いかける。「ことにはべりつ」（格別でございました）とだけ短く答える、他にどうにも答えるすべのない藤壺の内心の動揺を想像する読者もまた、恥ずかしさと申し訳なさでその場にいられないような気持ちにさせられるのである。

【紅葉賀・花宴】

藤壺の出産

若紫巻での夢のような逢瀬《おうせ》の後、藤壺が懐妊したことは前章で見た。藤壺自身も、そして光源氏も、その懐妊が密通の結果であることを承知した、その不義の子がいよいよ誕生する……父帝最愛の皇妃《きさき》と関係を持ち、子さえ成してしまった、このあまりにも大それた秘密は露見せずに済むのであろうか。このあたり、語られる事態の深刻さに従って物語の文体も緊張感に満ちている。

この御事の、十二月《しはす》も過ぎにしが心もとなきに、この月はさりともと宮人も待ちきこえ、内裏《うち》にもさる御心まうけどもある、つれなくてたちぬ。（①三二四）

――藤壺のご出産がないまま、十二月も過ぎてしまったのが気がかりで、この一月こそはさすがにお生まれになるだろうとお仕えする人々もお待ち申し上げ、桐壺帝もそのつもりになってお心づもりなさるのに、なにごともなくて過ぎてしまった。

＊

光源氏・藤壺と秘密を共有している読者は、二人の逢瀬が若紫巻の初夏四月、藤壺が里下がりした際に持たれたことを知っている。そこからいわゆる十月十日《とつきとおか》――実際の妊娠期間は本当にその通りというわけではないのだけれども、『源氏物語』は律儀に「十月十日」を数えて、二月十日過ぎのこととして皇子《みこ》（後の冷泉帝）の誕生を語る。皇子誕生の日取りから、光源氏も、私たち読者もあらためて皇子の誕生が密通の結果であったのだと確認させられるのだが、密通の当事者たちと手引きをした王命婦《おうみょうぶ》以外の人々にとっては、二月十日過ぎの皇子誕生は不審というより他ない。産み月から逆算した四月には藤壺は宮中から実家に下がっており、懐妊したのは、それ以前に宮中にいた時のことと思われていたからである。年内には産まれるかと思ったのに、一月になっても出産の兆候がない……しかし、帝を始めとした人々は、この出産の大幅な遅れは「御もののけ」のしわざであると納得したのだった。

次に藤壺を悩ませたのが、誕生した皇子の容貌だった。最愛の皇妃《きさき》が産んだ皇子を一刻も早く見たい桐壺帝は、藤壺と皇子の参内を期待するけれども、藤壺は帝にも、光源氏にもなかなか皇子を見せようとしない。「さるは、いとあさましうめづらかなるまで写し取りたまへるさま、違ふべくもあらず」（①三二六）、実は、驚きあきれるほど光源氏に生き写しの皇子のお顔は紛れようもなかったからである。けれども、その生き写しの容貌ですら、桐壺帝には次のように理解され、光源氏と藤壺の秘密は発覚をまぬかれている。

「皇子《みこ》たちあまたあれど、そこをのみなむかかるほどより明け暮れ見し。されば思ひわたさるるにやあらむ、いとよくこそおぼえたれ。いと小さきほどは、みなかくのみあるわざにやあらむ」とて、いみじくうつくしと思ひきこえさせたまへり。（①三二九）

（桐壺帝が光源氏に対して）「私にはたくさんの皇子がいるけれども、そなたのことだけを、これくらいの年齢から明け来れ見たものだよ。だから思い出されるのだろうか、この子はそなたにとてもよく似ているね。うんと小さい時分は、皆こんなふうなのだろうね」と（桐壺帝は）仰せになり、皇子のことをとてもかわいいとお思いになっておられる。

＊

【紅葉賀・花宴】

藤壺が産んだ皇子と光源氏の顔が驚くほど似ていることを、生まれたばかりの子どもは皆同じような顔をしているものだと語る桐壺帝はあまりに疑うことを知らないお人好しと言うべきだろう。けれども、注目したいのは桐壺帝の光源氏に対する愛情と皇子への愛情を、光源氏がともに我がこととして受けとめていることである。先の引用の桐壺帝の言葉を受けた光源氏と藤壺の様子は次のように描写されている。

中将の君、面《おもて》の色かはる心地して、恐ろしうも、かたじけなくも、うれしくも、あはれにも、かたがたうつろふ心地して、涙落ちぬべし。物語などして、うち笑《ゑ》みたまへるがいとゆゆしううつくしきに、わが身ながらこれに似たらむは、いみじういたはしうおぼえたまふぞあながちなるや。宮は、わりなくかたはらいたきに、汗も流れてぞおはしける。（①二二九）

中将の君（光源氏）は、顔色が変わる心地がして、おそろしくも、おそれおおくも、嬉しくも、「あはれ」にも、あらちこらちに感情が揺れ動く心地がして、涙がこぼれてしまいそうだ。皇子が「物語」（赤子が言葉にならない言葉を発すること）などして、微笑まれるのが、不吉に思われるくらいかわいらしいので、（光源氏は）自分自身のことも、この皇子に似ているのならば、とても大切に思われてくるというのだから、身勝手なことである。藤壺の宮は、その場に同席しているのがどうにも耐えがたい気持ちで、汗を流しておいでになる。

＊

皇子と光源氏の顔がそっくりだという、秘密の核心に迫る桐壺帝の際《きわ》どい発言を聞きながら、光源氏は「恐ろしうも、かたじけなくも、うれしくも、あはれにも」感じたのだという。光源氏の複雑な心持ちを写し取るために四つもの言葉が重ねられているのだが、父帝を欺《あざむ》いている光源氏が当然感じるであろう恐れや申し訳なさはそれとして、注目したいのは後半の二つ「嬉しさ」と「あはれ」である。桐壺帝が光源氏自身とその実の子である皇子を限りなくいとおしんでいることが、光源氏にはたまらなく嬉しいのである。ここでの「あはれ」は訳しようがなく、現代語訳でもそのまとしたが、父帝の愛に対する強い感動を表した言葉だと考えられる。

桐壺帝は果たしてほんとうに光源氏と藤壺の裏切りに気づかなかったのだろうか？　実は、光源氏自身も紅葉賀巻からはるか時を隔てた晩年に、この疑問を抱くに至るのであるが、物語はこの疑問に対する明確な答えを示していない。秘密が発覚しそうな際どい場面を物語があえて描くのは、光源氏と藤壺を極限まで追い詰めることで、読者である私たちのことをはらはらさせて、物語の世界に引き込むためなのだと思われる。桐壺帝が内心で何を考えているのかは書かれないため、想像しようと思えば色々な想像が可能ではあるのだが、物語に描かれない桐壺帝の内心よりも描かれている桐壺帝の言葉を重視しよう。

光源氏と皇子の容貌が似ていることをただただ喜ぶ桐壺帝の言葉は、父帝の愛情を示す言葉として光源氏に受け止められ、皇子に似たわが身を大切に思う気持ちすら生じさせている（さすがに「あながちなるや」と語り手に評されているが）。この上ない裏切りを働きながら、なお父帝への甘えが許されるのが光源氏であり、そのような光源氏像を読者に納得させるために、物語は様々な工夫を凝らしている。桐壺帝が密通など思いも寄らない様子で光源氏に言葉をかけるのも、光源氏と藤壺の

【紅葉賀・花宴】

罪が追求される文脈を避けるための工夫なのだと思われる。

さて紅葉賀巻末には、藤壺が皇子を出産してからおよそ半年後の七月に、強力な候補であった弘徽殿女御を抑えて、中宮に立ったことが記される。光源氏も昇進し、宰相中将《さいしょうのちゅうじょう》になる。いずれも自らの退位を見据えた桐壺帝が、皇子を東宮に立てるための采配だった。大それた秘密を抱えながら、最上の地位に上り詰めた藤壺と、皇子の後見役を期待されて昇進した光源氏であるが、未だ桐壺帝のあたたかな配慮のうちにいて、二人が本格的な試練に遭《あ》うのはもう少し先のことになる。

花宴《はなのえん》・朧月夜との出逢い

花宴巻の冒頭には、二月二十日過ぎに宮中の南殿《なでん》（紫宸殿《ししんでん》）で行われた花宴が描かれる。紫宸殿《ししんでん》南庭に植えられた「左近《さこん》の桜」を楽しむ儀式で、漢詩を作る作文《さくもん》が行われ、ここでも光源氏はぬきんでた才能を見せる。くじ引きで「春」の字を採り取った光源氏は、その字を用いてみごとに詩を作ってみせ、それをよみ上げて披露する役の講師《こうじ》が感動のあまりよみ通せないほどの出来映えだった。

御簾の内から光源氏を眺める藤壺は、そっと心の中で

おほかたに花の姿を見ましかば露も心のおかれましやは（①三五五）

——世間一般のこととして花のような光源氏のお姿を見るのであれば、少しの気兼ねもなく、率直に賞賛出来たろうに。

＊

【紅葉賀・花宴】

と歌を詠んだ。先に引いた紅葉賀巻に記された、藤壺の心の内「おほけなき心のなからましかば、ましてめでたく見えまし」(①三一二)をもう一度繰り返して確認したかたちである。

さて、夜が更《ふ》けて、儀式に引き続いて行われたくつろいだ酒の席もお開きになった。ほろ酔いの光源氏はなんとか藤壺に接近できないかと、こっそり夜の後宮の様子を探りはじめる。

……**もしさりぬべき隙《ひま》もやあると、藤壺わたりをわりなう忍びてうかがひ歩《あり》けど、語らふべき戸口も鎖《さ》してければ、うち嘆きて、なほあらじに、弘徽殿《こきでん》の細殿《ほそどの》に立ち寄りたまへれば、三の口開きたり。**(①三五六)

もしかしたら滑り込める隙間もあるかもしれないと、藤壺のあたりをひどく用心してこっそりとうかがいながら歩くけれども、頼みの王命婦《おうみょうぶ》がいる局《つぼね》の戸口も閉まっているので、がっかりして、でもこのまま諦めることは出来ずに、藤壺の向かいの弘徽殿の細殿にお立ち寄りになると、弘徽殿の北から三間目の戸口が開いていた。

＊

花宴巻ではここから、新たなヒロイン・朧月夜《おぼろつきよ》と光源氏の恋物語が展開するのであるが、その発端が光源氏の藤壺への思慕であることはやはり押さえておきたい。天皇の住まいである清涼殿《せいりょうでん》に最も近く、有力な皇妃《きさき》が居住する藤壺(飛香舎《ひぎょうしゃ》)と「弘徽殿」は向かい合って建っている。「飛香舎」に来たついでに「弘徽殿」をのぞいた光源氏は思わぬ出会いを果たすことになる。

朧月夜と光源氏　桜ちる一夜の出来事

女御は、上の御局《みつぼね》にやがて参上《まうのぼ》りたまひにければ、人少ななるけはひなり。奥の枢戸《くるるど》も開きて、人音もせず。（①三五六）

弘徽殿女御は花宴からそのまま帝のもとに参上したので、お付きの女房たちもそちらについて行っていて、ここは人が少なそうである。細殿から奥につながる枢戸も開いていて人の気配もない。

＊

よりによって、弘徽殿の戸口が開いていたのであり、女房たちもいないことを確認した光源氏は、「かやうにて世の中の過ちはするぞかし」（こんなふうにして男女の過ちは起こるのだ）と心中つぶやきながら、弘徽殿に上がり込む。すると……

いと若うをかしげなる声の、なべての人とは聞こえぬ、「朧月夜《おぼろつきよ》に似るものぞなき」とうち誦《ず》じて、こなたざまには来るものか。いとうれしくて、ふと袖《そで》をとらへたまふ。（①三五六）

とても若々しく可愛らしく、通常の身分の人とは思われない声の持ち主が「朧月夜に似るものはない」と口ずさみながら、こちらに来るではないか。とてもうれしくて、光源氏は即座に女君の袖をお捉えになる。

＊

なんと、光源氏のもとに一人の女君が自ら接近してくるではないか！　この女君を私たちが「朧《おぼろ》月夜《つきよ》」と呼び習わしているのは、女君が口ずさんでいた大江千里《おおえのちさと》の歌「照りもせず曇りもはてぬ春の夜の朧月夜にしくものぞなき」（煌々《こうこう》と照るわけでもなく、かといって完全に陰ってしまう訳でもない、春の夜の朧月夜に匹敵するものはないことだ）による。下の句の一部分だけを、少し変えて口ずさんだものであるが、いかにも朧月の美しい春の夜にふさわしい風情だと言えよう。ただ注意されるのは、物語が書かれた平安中期、高貴な女性はごく親しい家族以外の男性に姿を見せたり声を聞かせる習慣はなく、光源氏の存在に気づかなかったとはいえ、朧月夜の行動はこの時代の感覚では、軽率の誹《そし》りを受けても仕方がないものであったことである。この女君は物事の風情を理解し、才覚もありながら、やや軽薄な側面を持つ女性なのであった。

光源氏の存在など思いもよらず、監視役の姉・弘徽殿女御《こきでんのにょうご》とその女房たちがいないのを良いことにのびのびとくつろいでいた朧月夜は、闖入者《ちんにゅうしゃ》に突然袖を捕まれて恐怖に震える。

わななくわななく、「ここに人」とのたまへど、「まろは皆人にゆるされたれば、召し寄せたりとも、なんでふことかあらん。ただ忍びてこそ」とのたまふ声に、この君な

りけりと聞き定めて、いささか慰めけり。（①三五七）

（朧月夜は）ぶるぶると震えながら「ここに人が」とおっしゃるけれども、「私は誰にもとやかく言われない身なのだから、女房を召し寄せても、どうにもならないよ。静かに人に知られないようにしておいで」とおっしゃる声を聞いて、あの光源氏の君だと聞き分けて、朧月夜は少し慰められるのだった。

＊

「まろは皆人にゆるされたれば」――光源氏は驕慢《きょうまん》とすら言える自信を持って、女君と契りを交わす。しかし、逢瀬《おうせ》の後すぐ、光源氏自身も勘づいている通り、この女君との関係はやっかいごとを招く種となるものだった。

をかしかりつる人のさまかな、女御の御妹《おとうと》たちにこそはあらめ、まだ世に馴《な》れぬは五六の君ならんかし、帥宮《そちのみや》の北の方、頭中将のすさめぬ四《し》の君などこそよしと聞きしか、なかなかそれならましかば、いますこしをかしからまし、六は春宮に奉らんと心ざしたまへるを、いとほしうもあるべいかな……（①三五八）

興味を惹かれる人の様子だったな、弘徽殿女御《こきでんのにょうご》の妹の誰かに違いない、まだ男性を知らないのは五の君か六の君のどちらかなのだろう。帥宮の北の方になっている方や、頭中将が気に入らないと言っている妻の四の君などは器量が優れていると聞いたことがあるが、かえってその

【紅葉賀・花宴】

――人たちならばもっとおもしろかっただろうに。六の君は東宮に入内《じゅだい》させようと（父である右大臣が）心づもりしておられるのに、もし六の君だったら気の毒なことになるな……

＊

人妻の方がおもしろかったのにと、ここでも光源氏は不遜きわまりないが、女の、まだ男性に馴れない様子から、弘徽殿で逢ったこの女君は右大臣家の未婚の五番目か六番目の姫君なのであろうと察している。果たせるかな朧月夜の正体は、東宮に入内予定の六の君であった。光源氏は、政敵と言って良い家の、入内が期待されている姫君と関係を結んでしまった訳であり、発覚すれば右大臣家が激怒することは間違いない。にもかかわらず、光源氏はこの恋を断念する気もないようで、また女の側もすっかり光源氏の虜《とりこ》となっており、今後の波乱を予感させながら、花宴巻は幕を閉じる。

光源氏と藤壺、そして不義の子には今後どのような展開が待ち受けているのだろうか？　そして、政敵右大臣家の、入内予定の娘である朧月夜との恋の結末は？　もうしばらく物語を読み進めた読者は、光源氏が危険な恋の結果として、どのような代償を払うことになるのかを目撃することになるだろう。

（林　悠子）

4 葵《あおい》・賢木《さかき》巻——波乱の予感

葵祭の車争い

前巻花宴と、この葵巻との間には、大きな事件があった。ほかでもない、桐壺帝の退位である。光源氏の腹違いの兄である朱雀帝の御代が幕を開けたのであり、それにともなって、宮廷を取り巻く勢力図も大きく変化することとなる。朱雀帝の生母たる弘徽殿女御《こきでんのにょうご》と右大臣家が存在感を増してくるのと反対に、光源氏に近しい左大臣家の人々や、藤壺は昔日《せきじつ》の勢いを失わざるをえない。

そのように桐壺帝の退位後の状況を語る葵巻の冒頭は、物語がこれから大きく変質してゆくであろうことを予感させる。光源氏に対して、政治的逆風が吹きはじめることとなるのだが、波乱を迎えるのは、そればかりではない。登場人物たちの内面にも、大きな波がたちはじめるのであり、そうしたひとりとして、六条御息所《ろくじょうのみやすんどころ》に注目したい。まずは有名な「車争《くるまあらそ》い」の場面を取りあげることとしよう。いまにつづ

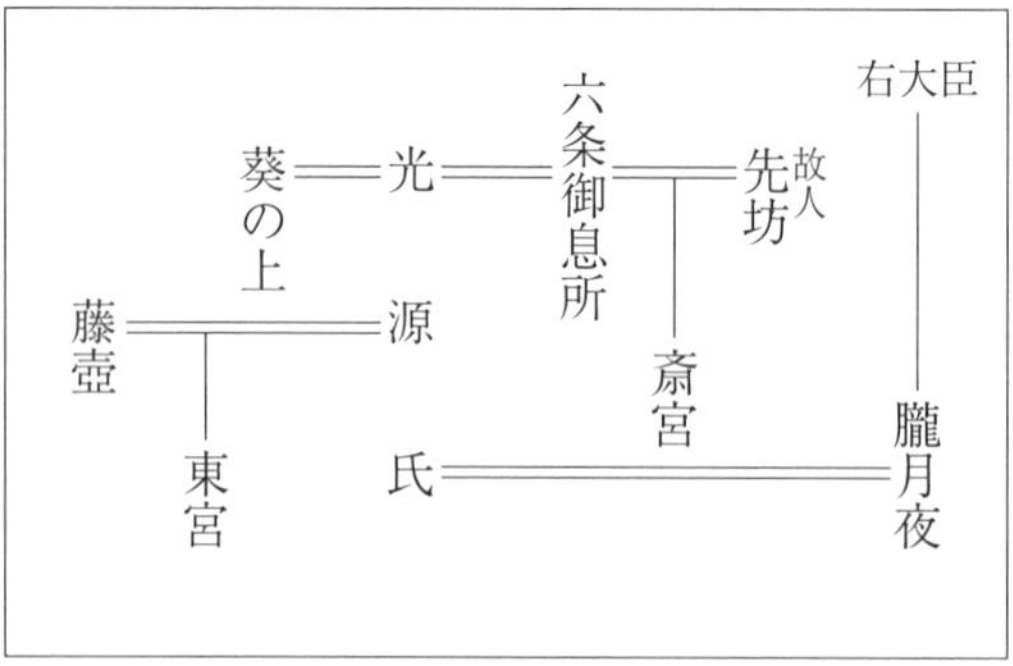

く賀茂祭《かもさい》（葵祭《あおいまつり》）の数日前の、御禊《ごけい》の日の出来事である。

日たけゆきて、（葵の上たちは）儀式もわざとならぬさまにて（見物に）出でたまへり。（数多くの車が）隙もなう立ちわたりたるに、よそほしうひきつづきて立ちわづらふ。よき女房車多くて、雑々《ざふざふ》の人なき隙を思ひ定めてみなさし退《の》けさする中に、網代《あむじろ》のすこし馴《な》れたるが、下簾《したすだれ》のさまなどよしばめるに、いたうひき入りて、ほのかなる袖口、裳《も》の裾《すそ》、汗衫《かざみ》など、物の色いときよらにて、ことさらにやつれたるけはひしるく見ゆる車二つあり。「これは、さらにさやうにさし退《の》けなどすべき御車にもあらず」と、口強《くちごは》くて手触れさせず。いづ方《かた》にも、若き者ども酔《ゑ》ひすぎたち騒ぎたるほどのことはえしたためあへず。（②二二）

葵の上　六条御息所　車争い

日が高くなってから、葵の上一行は、あまり格式ぶった支度もせずに、見物にお出かけになった。一条大路は御禊《ごけい》の行列の見物に来た車が、隙間もなく立ち並んでいるので、葵の上がたの車は連なったまま、とめる場所を探して立ち往生している。身分ある女たちが乗っている車が並んでいて、下々《しもじも》の者が紛れ込んでいないような場所をそれと定めて、あたり一帯の車をすべて立ち退かせたところ、なかに、網代車《あじろぐるま》で少し古びているのだけれども、下簾《したすだれ》の様子などは洗練されていて、乗り主は奥ゆかしくもたいそう後ろに引っ込んでいて、車の下からわずかに見える袖口、裳《も》の裾《すそ》、汗衫《かざみ》など、着物の色合いがとても美しく、わざわざ姿をやつしていて、お忍びであることがはっきり見て取れる車が二つ、目にとまる。その車の供人は「これは、決して、そのように立ち退かせたりしてよいようなお車ではない」と言い張って、手を触れさせようともしないが、どちらの側も、若い者たちが酔いにまかせて大騒ぎになってしまっては、もうだれも制止することはできなかった。

＊

賀茂神社に仕える皇族の女性を斎院《さいいん》と言い、斎院が葵祭の数日前に、川で禊《みそ》ぎを行なって身を清めることを御禊《ごけい》と呼んだ。御禊の行列はたいへんな見ものであったが、しかも今年の御禊には光源氏も特別に行列に加わるというので、例年にもましてのさわぎとなった。右の冒頭に「日たけゆきて」とあるように、出発の遅れた葵の上一行が、左見右見《とみこうみ》、車をとめる場所を探していると、そこに「ことさらにやつれたるけはひしるく見ゆる車」、わざわざ粗末なていにした車がとまっている。実は光源氏の愛人、六条御息所《ろくじょうのみやすんどころ》が、斎院の行列に付き従う光源氏を一目《ひとめ》見んと、雑踏をきわめる一条大路に、それと知られぬよう車を駆《か》ったのであった。今や遅しと光源氏の登場を待つ六条御息所は、光源氏の正妻の葵の上の一行と鉢合わせになり、下人同士のいさかいからついには車を破壊されてしまう。

この車争いのくだりは、さまざまな源氏絵にも描かれた有名な場面であるが、東宮《とうぐう》であった夫（先坊《せんぼう》）を亡くした御息所と光源氏がどのように出会い、恋に落ちたかは物語に描かれていない。男の心はすでに女から離れ、二人の関係は修復不可能なものになっているところから葵巻の物語は語りはじめられるのである。女に対して愛情を失ってしまった光源氏に対し、男への未練になお苦しむ六条御息所の姿ばかりが、葵巻冒頭からくり返し描かれるのであるが、そうした彼女が、もう一度光源氏を目にしたいという思いにかられてやってきたのが、立錐《りっすい》の余地もなくごったがえした一条大路。夏の日ざしとむせかえるような人いきれのなか、車を破壊され、無残な姿をさらすこととなった御息所は、涙のなかに何を見いだしたのであったか。

（御息所は）涙のこぼるるを人の見るもはしたなけれど、（源氏の）目もあやなる御さま容貌《かたち》のいとどしう出でばえを見ざらましかばと思さる。（②二四）

彼女が見たのは、斎院の行列に従う、馬上の光源氏の目もくらむような姿であり、そうした男の姿をかろうじて目にすることができたことに、ああ、やはり今日の御禊《ごけい》見物に出かけてきてよかった、こんなに美しい源氏のお姿を拝見できなかったらどんなに心残りだったろう、と思う自分の心にほかならなかった。それは、断念しようとして断念できない源氏への思い、そして決してふりむいてはもらえない女としての深い悲しみにほかならなかった。

生霊《いきすだま》出現・六条御息所の苦悩

車争いの一件で自尊心を傷つけられた六条御息所《ろくじょうのみやすんどころ》はついに精神に異常をきたし、やがてその魂が自分の意思とは無関係に身体から抜け出て、光源氏の正妻で、懐妊中の葵の上《あおいのうえ》を苦しめることとなる。六条御息所は生きながらにして、おぞましき生霊と化したのである。

本来の彼女は、気品と奥ゆかしさをそなえ、優れた教養と趣味の持ち主であった。書も和歌も巧みであったが、彼女が生霊と化す以前の一首を、ここで見てみよう。

袖《そで》ぬるるこひぢとかつは知りながら下り立つ田子《たご》のみづからぞうき（②三五）

室町時代に著《あら》わされた『源氏物語』の注釈書、三条西実隆《さんじょうにしさねたか》の『細流抄《さいりゅうしょう》』は、右の歌を「物語中第一の歌」と高く評している。「こひぢ（泥）」と「恋《こ》ひ」、「水《みづ》」と「みづから」が掛詞《かけことば》で、「ぬるる」「こひぢ」「田子」「水」は縁語《えんご》である。涙にくれる恋だとわかっていながらも、泥《こひじ》の中に踏み込んで袖濡らす農夫のように、源氏への恋に踏み込んでしまう我が身のつらさ、光源氏との絶望的な恋愛から抜け出せぬわが運命の痛恨を詠《よ》んでいる。

御息所がこうした歌をつくり出す、豊かな教養と繊細な感情の持ち主であっただけに、その悲劇性は増すのであり、典雅で心優しき人がらと、生霊と化すほどのおぞましき内面という両面性こそが、六条御息所という人物をつくりあげていると言ってよい。物語を読み進めるにつれ、私たちの想像力は不断に刺激され、たとえば御息所を題材とした能「葵上《あおいのうえ》」「野宮《ののみや》」をはじめ、のちの時代にも、さまざまな文芸をうみだす創造の源と、彼女はなった。

【葵・賢木】

あやしき芥子《けし》の香

さてこうした六条御息所をめぐる葵巻の物語において、もうひとつ注目しておきたいことがある。ここまで見てきたような、ついに生霊と化す御息所の物語は、合理性を重んじる現代人の目から見ると、あまりにも非現実的で、『源氏物語』を古びた物語と感じさせてしまうかもしれない。しかし、物語の文脈を丁寧にたどってゆくと、六条御息所の物語は今日の精神病理学的な分析にも耐えうるような合理性を有していることにも気づく。一例として、御息所の嗅覚をめぐる描写に注目してみよう。初産《ういざん》で、子どもの誕生と引き替えに、自らの命を落としてしまうのではないかと危惧された葵の上は、結局無事に男の子を産んだ。後の夕霧《ゆうぎり》であるが、そのことを噂に聞いた御息所の心は、ここでもちぢに乱れる。

かの御息所は、かかる御ありさまを聞きたまひても、ただならず。かねてはいと危《あやふ》く聞こえしを、たひらかにもはたと、うち思しけり。あやしう、我にもあらぬ御心地を思しつづくるに、御衣《ぞ》などもただ芥子《けし》の香にしみかへりたり。あやしさに、御泔《ゆする》まゐり、御衣《ぞ》着かへなどしたまひて試みたまへど、なほ同じやうにのみあれば、わが身ながらだに疎《うと》ましう思さるるに、まして人の言ひ思はむことなど、人にのたまふべきことならねば心ひとつに思し嘆くに、いとど御心変りもまさりゆく。（②四二）

一 六条御息所は、葵の上が無事に出産なさったとの知らせをお耳になさるにつけても心穏やかではない。事前の噂では、女君はご危篤とのことだったのに、よくもまあ無事に、との思いが心をかすめなさる。どうしたことかと、我ながら自分でないような自身の心を見つめているうちに、お召物などにもすっかり護摩《ごま》に焚《た》く芥子《けし》の香がしみこんでいる。なぜかしらと気味が悪くなって、泔《ゆする》の水で御髪をお洗いになったり、お着替えなどなさったりして、においが消えるかと試してみるけれども、まったく変りがない。そうした我が身を自分でさえ疎《うと》ましくお感じになるのだから、ましてや世人が何と言い、何と思うことだろうなどと、誰にも言えることではないので、お胸一つに思い悩んでいらっしゃると、ますます平常のお心をお失《な》くしになってゆく。

＊

六条御息所《ろくじょうのみやすんどころ》は、人の魂は過度な物思いをすると、身をはなれて遊離してしまうことがあるらしいということをかねて聞き知っていたという。が、そのようなことが我が身に起きようとは、御息所もにわかに信じがたい。しかしそのことを、やがて彼女が認めざるを得なくなるのが右の場面であり、ここにおいて彼女は、自分の着衣にも体にも「芥子の香」が染みついて離れないことに恐懼《きょうく》する。この時代、仏教の修法《ずほう》の際には護摩《ごま》が焚《た》かれたが、それに用いるのが芥子《けし》である。出産を間近に控えた葵の上のもとでは、その護摩が不断に焚かれ、芥子の香が室内に充満していたことであろうが、その芥子の香が御息所に染みついて離れないというのは、どうしたことか。彼女の魂が、葵の上のもとにさまよいだし、葵の上をなきものにしようと苦しめていたことのあかしではないか。やはり自身が生霊と化して、葵の上を苦しめていたのだ——御息所は、いわば動かぬ証拠として、その「芥子の香」を受けとめるほかないのである。

もちろん御息所も、ただ呆然と事態をながめていたわけではない。「あやしさに、御泔《ゆする》まゐり、御衣着《ぞ》かへなどしたまひて試みたまへど」とあったように、懸命にその香を洗い落とそうとするのであったが、髪に、衣に染みついたその匂いは、洗ってもおちることがない。このような六条御息所の姿は、あのシェークスピアの『マクベス』にえがかれた、夫に殺人をそそのかしたマクベス夫人が、のちに手についた血潮を落とそうとしても、いっこうにそれが落ちず、ついには狂ってゆく場面を想起させもするが、たしかに嗅覚は、非常に主観的な感覚で、右の「芥子の香」のくだりは、葵の上を苦しめているのは自身の生霊なのではないかと自らを疑いはじめた六条御息所の過敏な心が見せたまぼろしであったとも捉えられる。六条御息所の心の描かれ方は、それを現代の精神病理学的な観点で捉えなおしてみることもできるのであり、多様な読みを可能にする『源氏物語』の懐《ふところ》の広さを感じさせるくだりとも言えよう。

とまれ猛《たけ》り狂った御息所の生霊によって、葵の上は命を落とすこととなった。身ごもっていた光源氏との子を無事に出産し、周囲もほっと油断していた、そのすきをつかれるような出来事であった。生母を知らぬこの男の子（夕霧《ゆうぎり》）は、以後そのまま左大臣邸で育てられることとなる。

【葵・賢木】

野宮《ののみや》の別れ

葵の上の死後、光源氏はいよいよ御息所を遠ざけるようになり、もはやこれまでと思った御息所は、亡き東宮との間にもうけた一人娘が、伊勢の斎宮《さいぐう》（伊勢神宮に仕える皇族の女子。未婚の者を出すのがならわしであった）にえらばれたのを契機に、光源氏との関係を清算して、伊勢に下ることを決意する。都を離れるのに先がけて、御息所母娘は、都の郊外の野宮《ののみや》で精進潔斎の日々を過ごしていたが、秋の一日、光源氏は御息所に最後の別れをせんと、秋枯れの野辺に足を踏み入れた。

（源氏は）はるけき野辺を分け入りたまふよりいとものあはれなり。秋の花みなおとろへつつ、浅茅《あさぢ》が原もかれがれなる虫の音に、松風すごく吹きあはせて、そのこととも聞きわかれぬほどに、物の音《ね》ども絶え絶え聞こえたる、いと艶《えん》なり。（②八五）

源氏が遙かに広がる野辺を分け入りなさると、いかにもしみじみとした情趣が漂っている。秋の花はすべてすっかり色あせて、浅茅《あさじ》の生い茂った原も枯れ枯れとなり、嗄《か》れ嗄《が》れの虫の鳴き声に、松を吹きぬける風の音が物寂しく加わって、何の曲かと聞き分けられないほどかすかに、演奏の音いろが絶え絶えに聞こえてきて、まことに優艶な風情である。

＊

光源氏と六条御息所《ろくじょうのみやすんどころ》の別れには、それにふさわしい季節として秋が、それも晩秋の九月七日ごろが選ばれた。場所は情趣あふれる嵯峨野。萎《しお》れる秋の花や枯れ果てた浅茅《あさじ》の原の風景のなかに、嗄れ嗄れの虫の鳴き声、松風、かすかな琴の音が響く。聴覚的な印象が、風景をより一層鮮やかにいろどる。この場面は非常によくできた絵のようで、私たち読者はまるでその中に迷い込んでしまうかのようである。

そうした風景の中で、この男女は別れのひと時をともにするのであったが、光源氏は「出でがてに、御手をとらへてやすらひたまへる」（②八九）、思わず御息所の手を捉えた。美しい秋の風景に刺激されるかのようにして、光源氏のなかにも、昔日の思いがよみがえって来たかのようである。手を取られ、御息所への未練をいまさらながら口にする光源氏に、女の心はいよいよ動揺せざるをえない。そうした源氏のふるまいを、現代の読者、特に女性読者はずるいと思うかもしれない。しかし、二人の恋が終わってしまっていることがわかっていても、女に、私はこれほどつらい別れを味わったことがないと言ってやることが、王朝流の情《なさ》けある男のふるまいである。本来、男女の仲に「美しい別れ」などというものはありえないのかもしれない。理由があるからこそ、男女は別れるのであり、お互いに傷つかず、美しく別れるなどということを望むのは都合がよすぎる。が、右の場面では、それが奇跡的に実現している。御息所と光源氏、彼らはまるで美しく別れるために出会った人々のようである。

【葵・賢木】

源氏と紫の上の新枕《にいまくら》

葵巻においては、二人の女君が光源氏のもとから去って行った。一人《葵の上》は死によって。いま一人《六条御息所》は伊勢へと。しかし別れがあれば、新たな人とのかかわりも生まれるのが人生の常と言うべきか。葵巻末には次のような場面が置かれる。

(紫の上は)**心ばへのらうらうじく愛敬《あいぎやう》づき、はかなき戯《たはぶ》れごとのなかにも、うつくしき筋をし出でたまへば、**(源氏は)**思し放ちたる年月こそ、たださるかたのらうたさのみはありつれ、しのびがたくなりて、心苦しけれど、いかがありけむ、人のけぢめ見たて**

まつりわくべき御仲にもあらぬに、男君はとく起きたまひて、女君はさらに起きたまはぬ朝《あした》あり。（②七〇）

紫の上は、じつにかしこく、また魅力的な性質で、ちょっとしたことをさせてみても、かわいらしいセンスのよさを発揮なさるものだから、光源氏は、他のことにかまけて彼女をひとりの女性として扱ってこなかった間こそ、少女らしいかわいさはあるものの、それだけのことでひとりの女君としては見てこなかったが、あらためて見て、ぐっと成長をした紫の上に対し、思いを秘めていることがついにできなくなって、気の毒に思いはしたのだけれど…。いったいどうしたことであろうか、昨日と今日で変わったところがあったとしても、周囲もそれと気づきにくいお二人であったはずなのに、男君はとうに起きていらっしゃったのに、女君はいつまでたっても寝所から出てきなさることがない、そうした朝があった。

＊

読者の皆さんは右の場面が何を語っているか、一読して理解できただろうか。この物語において「男」、「女」という呼び方が出てきたら、特に注意したい。それはその男女が、たとえば夫と妻であったり、恋人どうしであったり、要は特別な関係にあることを示す場合にのみ使われる言葉だからである。ここでは、源氏と紫の上が、それぞれ「男君」「女君」と呼ばれ、しかも「男君」は早々に寝所から起きてきたのに、「女君」のほうは、いつまでたっても起きてくることがなかった、と語られる。普通だったら若い紫の上のほうが、朝が来るのを待ちきれず、衾《ふすま》（いまのふとんのかわりのもの）から飛び出してきそうなものなのに――。

そう、この場面ではじめて光源氏と紫の上は男女の関係、すなわち夫婦になったのである。今日から源氏と紫の上の関係は、父娘のようなそれでもなければ、兄と妹のようなそれでもない。これからはこの紫の上こそが、光源氏の大切な女性として物語のなかでいよいよ存在感をましてゆくことであろう。そのことについては、このあとすぐ、賢木《さかき》巻の物語を解説しながら述べてみたいと思うが、この葵巻末において紫の上が源氏と新枕《にいまくら》を結んだ、それがこの後の物語においてきわめて重要な意味を有していることだけは、ここで強調しておきたい。

桐壺院の崩御と藤壺

さて葵巻につづく賢木巻も、光源氏にとっては波乱の幕開けとなった。この巻ではついに、光源氏の父、桐壺院が崩御《ほうぎょ》（天皇が亡くなること）するのである。光源氏も藤壺も、そして東宮《とうぐう》たる冷泉も、最大の庇護《ひご》者を失ってしまったのであり、反対にますます勢いづくのは、朱雀帝の母たる弘徽殿女御と右大臣一派である。藤壺は、桐壺院と暮らした御所をはなれて自身の里邸である三条宮《さんじょうのみや》に息をひそめる毎日。宮中に近づくことも容易でなくなって、東宮の身の上ばかりが案じられるのであったが、事件が起きたのはそうした折からであった。

いかなる折にかありけん、あさましうて、（源氏は藤壺に）近づき参りたまへり。心深くたばかりたまひけんことを、知る人なかりければ、夢のやうにぞありける。まねぶべ

きやうなく聞こえ続けたまへど、宮、いとこよなくもて離れきこえたまひて、果て果ては、御胸をいたう悩みたまへば、近うさぶらひつる命婦《みやうぶ》、弁などぞ、あさましう見たてまつりあつかふ。男は、うし、つらし、と思ひきこえたまふこと限りなきに、来《き》し方行く先、かきくらす心地して、うつし心失《う》せにければ、明け果てにけれど、出《い》でたまはずなりぬ。（②一〇七）

どのような折のことだったのか、驚くまいことか、源氏がある日、藤壺のもとに忍び込んでしまった。それにつけては周到《しゅうとう》な用意をなさってのことであったが、それと気づいた人は誰もいなかったので、その日のことは現実《うつつ》のこととも思われないのであった。光源氏はわが胸の内をひたすらに訴え、それは語り手の私がにわかに再現できないような訴え方であったのだけれども、藤壺の宮は、そうした源氏を必死に遠ざけ、ついには動転のあまりお加減も悪くなってしまったので、近くに侍《はべ》っていた命婦や、弁などの女房が驚いて藤壺のお世話にあたる。男は、つらく、あまりなさりようだと思うこと、この上ないけれども、何もかも、これから先どうすればよいかということもわからなくなり、理性も吹き飛んでしまったので、夜が明けたにもかかわらず、そのまま藤壺の部屋に居座りつづけたのであった。

＊

一日《あるひ》、光源氏が藤壺に「近づき参りたまへり」、彼女に迫ったのである。若紫巻以来の久方ぶりの逢瀬は、藤壺の強い拒否によって実事《じつじ》にこそいたらなかったが、この秋の一夜は、藤壺と光源氏の人生において大きな転機となった。なぜかと言えば、この一件を経て、藤壺のうちには大きな心の変化が起きたからである。

明け方が近づき、藤壺の異変に気づいた人びとがあたりに集まってくる。そのために光源氏は、慌ただしく王命婦《おうみょうぶ》（若紫巻において光源氏を藤壺のもとに手引きした人物。藤壺と源氏の関係を知るほとんど唯一の女房）によって塗籠《ぬりごめ》という人目につかない部屋に押し込められることとなったが、光源氏が去って平静を取り戻した藤壺の心を占めたのは次のような思いであった。

大后《おほぎさき》（弘徽殿女御）の御心もいとわづらはしくて、かく出で入りたまふにも、はしたなく、事にふれて苦しければ、宮（東宮）の御ためにも危ふくゆゆしう、よろづにつけて思ほし乱れて、（②一一五）

「宮の御ため」、東宮たる冷泉のためには、これいじょう光源氏とのあいだに何かがあってはいけない！　それが藤壺の心にまず浮かんだ固い決意であった。今回はどうにか自らの強い拒絶によって、源氏を退けることができた。しかし源氏は今後も折にふれてこうした機会をうかがい、恋慕《れんぼ》の情を訴えかけてくるかもしれない。そうしたことが重なればやがてどういうことになるか。

弘徽殿女御《こきでんのにょうご》をはじめとした右大臣家の人々が、光源氏や藤壺の動静に目を光らせ、あわよくばなきものにしようとしている今の朝廷である。万々が一、光源氏との逢瀬の噂でも立って、すべてが——つまり東宮は、実は桐壺帝の子ではなく、光源氏の子であることが——露見することになりでもしたら。そうでなくても、日に日に光源氏に瓜二つという容貌に成長しつつある冷泉である。東宮を守るためには、なんとしてでも光源氏を遠ざけ、その思いは是が非でも退けなければならない。それが藤壺のいう「宮（東宮）の御ため」という思いであり、彼女は〈女〉である前に、東宮の〈母〉たらんと心に誓う。右のような決意を彼女に抱かせたこの「秋の一夜」は、彼女にとってじつに運命の夜となった。

雲林院《うりんいん》での光源氏

そしてそのような藤壺の心底を、光源氏はいささかも知らない。彼の心に去来するのは、今回もまた藤壺に拒絶されたという敗北感であり、自邸にかえった光源氏は「宮（藤壺）をいと恋ひしう、時々は思ひ知る様《さま》に」（②一一六）――自らがいかに藤壺を恨めしく思っているかを思い知らせてやろうと、都の郊外の雲林院にこもってしまう。そこでの日々は、予想していた以上に光源氏の心に落ち着きをもたらし、ついにはこのまま出家してしまおうかとの思いさえ頭をもたげたのであったが、もし源氏がそのような振る舞いに出れば、そこでこの物語は終わりである。が、そのように唐突な幕切れを迎えることがないよう、物語にはすでに手が打ってあったことを思い起こしたい。

しめやかにて世の中を思ほしつづくるに、帰らむこともものうかりぬべけれど、人ひとりの御こと思しやるがほだしなれば、久しうもえおはしまさで、（②一二〇）

出家への思いに傾く光源氏の心にかかるのは、やはり都に残してきた「人ひとりの御こと」、すなわち紫の上のこと。彼女とは葵巻末で夫婦となったばかりであり、しかも紫の上はまだ若い。二条院で光源氏の帰りを待つ彼女を捨てて出家してしまうことなどできるはずもないのであり、光源氏は秋枯れの野の風情《ふぜい》と、静かな仏道修行の日々に未練を残しつつも、帰京をはたす。作者はそう簡単に光源氏が現世を捨てて物語から退場する、つまりは物語がそこであっけなく終わってしまうことがないように、賢木巻の藤壺との「秋の一夜」に先駆けて、源氏と紫の上の「新枕《にいまくら》」の場面を用意しておいたのであった。

【葵・賢木】

光源氏の発見・ふたたび「秋の一夜」

こうして見てくると、葵《あおい》巻から賢木《さかき》巻にかけて、光源氏の人生も新たな局面を迎えたと言ってよさそうである。繰り返し述べたように、この二つの巻において光源氏の周りからは、彼の青春時代を支えた大切な人々が次々と去っていった。葵《あおい》の上《うえ》、六条御息所《ろくじょうのみやすんどころ》、そして桐壺院《きりつぼいん》。あらためて見渡してみたとき、光源氏の周辺には、いま誰が残っているであろう。彼の少年の日以来のあこがれの存在たる藤壺と、そして葵巻末で結ばれて以来、光源氏の中で日々その存在感を大きくしつつある紫の上と。光源氏にとっての重要な女君と言えば、その二人が残っているばかりであり、物語が描き出そうとする人間関係も、賢木巻にいたっていよいよ光源氏と、その二人の女君とのそれにしぼられた感がある。

これからの物語は、その三人の関係を、どのようなものとして描き出してゆくのであろう？　そのことを考える際にも、鍵をにぎるのは、先に見た「秋の一夜」である。その一夜を経て藤壺には大きな心の変化がもたらされたことを先に述べたが、一方でその一夜は、光源氏にも新鮮な驚き、あるいは発見を与えていた。もう一度「秋の一夜」の場面にたちかえって、今度は光源氏の心の動きについて見てみよう。

すでに見たとおり、周りに人々が集まってきても藤壺にわが思いのたけを訴えようとする光源氏は、女房によって塗籠《ぬりごめ》に押し込められたのであったが、彼の思いがそれでおさまることはなかった。源氏はそこからそっと抜け出し、屏風の影に我が身をひそませて、じっと藤壺に目をこらしていたのである。藤壺の姿をこうして近くに見るのはいつ以来のことか、感動にふるえる源氏の頬には思わず涙がつたうが、さて注意したいのは、そのような垣間見《かいまみ》のさなか、源氏の心には次のような思いが去来したということである。

（藤壺が）世の中をいたう思し悩めるけしきにて、のどかにながめ入りたまへる、いみじうらうたげなり。髪《かむ》ざし、頭《かしら》つき、御髪《みぐし》のかかりたるさま、限りなきにほはしさなど、ただ、かの対《たい》の姫君（紫の上）に違《たが》ふところなし。（源氏は二人がよく似ることを）年ごろ、すこし思ひ忘れたまへりつるを、「あさましきまでおぼえたまへるかな」と見たまふままに、すこしもの思ひのはるけどころある心地したまふ。（②一〇九）

光源氏は、ひそかに、そしてつぶさに藤壺を観察する。彼女の髪のさま、顔かたち、それらすべてからただよう華やかな雰囲気——ああ、なんと魅力的であることか。一目あいたい、そして互いに心通わせたいと、祈りつづけてきた女君が、いま目の前にいる。光源氏の視界に、藤壺《ふじつぼ》以外の存在が入る余地などいささかもない状況の中で、にもかかわらず彼の心に別の女《ひと》の面影が浮かんだというのは、どうしたことであろう。その女《ひと》の名は――言うまでもあるまい。「かの対の姫君」、二条院の西《にし》の対《たい》に住む、紫の上である。

じつはこれと対照的な場面が、葵巻にあった。

小さき御几帳《みきちゃう》ひき上げて見たてまつりたまへば、（紫の上が）**うちそばみてはぢらひたまへる御さま、飽かぬところなし。**（源氏）**「火影《ほかげ》の御かたはらめ、頭《かしら》つきなど、ただ、かの心尽くしきこゆる人**（藤壺）**に、違《たが》ふところなくもなりゆくかな」と見たまふに、いとうれし。**（②六八）

光源氏は目の前の紫の上の、明かりにさらされた横顔、顔かたちに、我知らず藤壺を思い起こし、その成長を喜んだ。どちらの場面も、藤壺と紫の上がよく似ることを光源氏が反芻《はんすう》するという点では同様である。が、そのあいだには大きな違いもある。紫の上を見て得られぬ藤壺を思う（葵《あおい》巻）のと、藤壺を見ながら紫の上を思い起こす（賢木《さかき》巻）のと。

賢木巻において久方ぶりに目にした藤壺はあらためて見ても美しい、が、その美しさは我が妻となった紫の上と「違ふところな」いものであり、しかもその紫の上は常にわが傍らにあって、たがいに深く心通わす存在として、もはやかけがえのない女君になりつつある。そうした紫の上がいることを思えば、たとえ藤壺が得られなくても、「すこしもの思ひのはるけどころある心地」（藤壺を得られぬが故の鬱屈《うっくつ》も少し晴れるような気持ち）さえしたという、賢木巻の光源氏。

光源氏と藤壺と紫の上、この三者の関係は、いま確かに変わろうとしている――そうした予感が私たちの心をかすめるはずであり、葵《あおい》巻末における光源氏と紫の上の「新枕《にいまくら》」の場面を解説した際に「これからはこの紫の上こそが、光源氏の大切な女性として物語のなかでいよいよ存在感をましてゆくことであろう。そのことについては、このあとすぐ、賢木巻の物語を解説しながら述べてみたい」と述べた意味を、ここにいたって読者の皆さんにも理解いただけたことと思う。

藤壺の出家

そしてこのように見てくると、勘のよい読者のなかには、さらに次のような思いを抱く人もいるかもしれない。「秋の一夜」をへて、心に深く決意するところがあった藤壺に、光源氏が近づくことは、今後ますます難しいものになるであろう。というよりも「宮（東宮）の御ため」に生きることを決めた藤壺と、そのことを知らぬ光源氏のすれ違いは、もはや決定的なものになったと言ってもよいかもしれない。が、もし仮にそうだとしても、今の光源氏には、藤壺の血縁に連《つら》なって容貌もよく似通い、かつ光源氏が手塩にかけて養育してきただけに、あらゆることに抜群の才智を見せる紫の上が、いる。そうであれば、藤壺はもはやいなくてもよいのではないか——と。そしてその予感は、次のようなかたちで的中することになるのである。

（法華八講《ほっけはっこう》の）果ての日、（藤壺は）わが御ことを結願《けちがん》にて、世を背きたまふよし、仏に申させたまふに、皆人々驚きたまひぬ。兵部卿宮《ひやうぶきやうのみや》（藤壺の兄宮）、大将（光源氏）の御心も動きて、あさましと思す。（②一三〇）

桐壺院の一周忌も過ぎた、その年の暮れ。藤壺は光源氏をはじめとした多くの貴族たちが集った法華八講（『法華経《ほけきょう》』八巻を朝と夕に一巻ずつ講じ、四日間で全巻を講説する法会《ほうえ》）の場で人々の意表を突くようにして、にわかに黒髪を落とし、出家してしまう。これからは「宮の御ため」に生きねばならぬ、そのように藤壺が心ひそかに誓った運命の「秋の一夜」から、わずか数か月後のことである。彼女はこの日の到来を待ちつづけたことであろう。あの「秋の一夜」、なんとかその日は、光源氏から逃れることができたけれども、彼はいつまた同様のふるまいに及ばないとも限らない。そうである以上、自らにできるのは、現世《げんせ》を捨てること。もはや男女として永遠に結ばれえぬのだという事実を光源氏に突きつけることしかあるまい。それが「宮の御ため」に生きることを心に誓った藤壺の答えであった。先に光源氏が雲林院《うりんいん》にこもった場面を見た際、そのまま彼が出家してしまえば、そこで物語は終わってしまうと述べた。出家とは物語においてそのような行為である。それを藤壺が果たしたということ、それは彼女の実質的な物語からの退場を意味する。

藤壺の決意　突如の出家

葵《あおい》・賢木《さかき》両巻は、波乱と激動の巻である。

この二つの巻において、光源氏の周りからは多くの大切な人々が去っていった。葵の上、六条御息所、桐壺院――ついには藤壺が。そしていま、光源氏の傍らには紫の上だけが残った。

朧月夜との密会の露見

藤壺は光源氏に対して、出家というかたちで自らの決意を示した。そしてそれは結果的に見た時、藤壺の思惑通りのものとなった。藤壺が出家者となって、現世と一線を引いた以上、「世の中厭《いと》はしうおぼさるるにも、東宮の御事のみぞ心苦しき」（②一三三）――世の中すべてが嫌になってしまうけれども、自分までいなくなったら、東宮さまがおかわいそうだ。光源氏は、これからはじしんが冷泉を守ってやらねばならぬとの思いをようやく抱くこととなったのだから。藤壺には随分と遅れて、光源氏もようやく〈父〉となったのである。しかしながら、源氏がこれ以後、わが子冷泉のため、また自身のため、行動を厳に慎み、保身にあいつとめたかといえば、決してそうではなかった。彼は今もなお、花宴《はなのえん》巻以来の、あの女君との関係を断てずにいたのである。

右大臣一家が勢力を拡大するなか、光源氏はいよいよ追い詰められ、みずからの居場所をじりじりと失ってゆく。にもかかわらず源氏は、まるでそれが彼に許された唯一の抵抗と言うべきか、右大臣家の箱入り娘、朧月夜《おぼろつきよ》と逢瀬《おうせ》を重ねていたのであった。かくしてその二人の関係は、賢木巻末にいたってついに露見する。

いと急に、のどめたるところおはせぬ大臣《おとど》の、思しもまはさずなりて、畳紙《たたうがみ》を取りた

まふままに、几帳《きちやう》より見入れたまへるに、いといたうなよびて、慎ましからず添ひ臥したる男もあり。（②一四六）

右大臣は、まことに性急で、ゆったりしたところがおありでない方で、あまり深い考えもなしに、落ちていた懐紙《かいし》をお持ちになったまま、几帳《きちょう》からわが娘朧月夜を、覗き込みなさると、そこには、まことになよよかに、遠慮するでもなく添い寝をしている男の姿があった。

＊

朧月夜との密会、しかも二人で寝所にいるところを、よりによって父右大臣に見つかってしまったというのだから、それは最悪のかたちでの露見であった。父右大臣からそのことを聞いた弘徽殿《こきでんの》女御《にょうご》は怒りに震えつつも、光源氏を追い落とすにはこの機を残してはならぬと策略をめぐらしはじめた、とこの巻は締めくくられる。光源氏はどうなってしまうのであろう。波乱と激動の葵・賢木両巻は、このように幕を下ろす。（［野宮の別れ］まで金　秀姫。［源氏と紫の上の新枕］から今井　上）

ダイジェスト3

花散里巻《はなちるさと》

花散里巻はごく短い巻である。賢木《さかき》巻末と同じ年、光源氏二十五歳の夏のある出来事を語る。五月雨《さみだれ》の晴れ間、源氏は、故桐壺院の皇妃《きさき》のひとり、麗景殿女御《れいけいでんのにょうご》の屋敷を訪れた。桐壺院亡きあと、麗景殿女御は源氏の庇護を受け、妹の三の君と二人でひっそりと暮らしていた。思うにまかせぬことが多い世の中で、源氏は、父桐壺院を思い出す縁《よすが》が欲しかったのだろう。桐壺院が生きていた昔を懐《なつ》かしみ、和歌を詠《よ》みかける。

（源氏）橘《たちばな》の香《か》をなつかしみほととぎす花散る里をたづねてぞとふ

「昔の人を思い出させる橘の香りが懐かしいので、ほととぎすは、橘の花が散るこの屋敷を探してやって来ました」と詠む源氏の歌は、よく知られた『古今集』の「五月《さつき》待つ花橘《はなたちばな》の香《か》をかげば昔の人の袖《そで》の香《か》ぞする」（五月を待って咲く花橘の香りをかぐと、昔の人の袖の香りがする）を踏まえたもの。

麗景殿女御の妹は、のちに「花散里」と呼ばれ、光源氏の人生をさまざまの面で支える女君となる。

（東　俊也）

5 須磨《すま》・明石《あかし》巻——流離と復活

須磨の生活

藤壺の出家、それはわが子冷泉を守るための決断であったと言えようが、光源氏も須磨巻にいたって大きな決断を下した。都を離れ、須磨の地に退居することを決めたのである。これ以上、京に留《とど》まっていても「世の中いとわづらはしく、はしたなきことのみまされば、せめて知らず顔にあり経《へ》ても、これよりまさることもや」、朧月夜《おぼろつきよ》との密会が右大臣たちの逆鱗《げきりん》にふれたいま、知らぬふりをして都に居つづけたところで、と考えてのことであった。まずは源氏の一行が須磨に到着したさいの描写を見るところから、この巻の鑑賞をはじめよう。

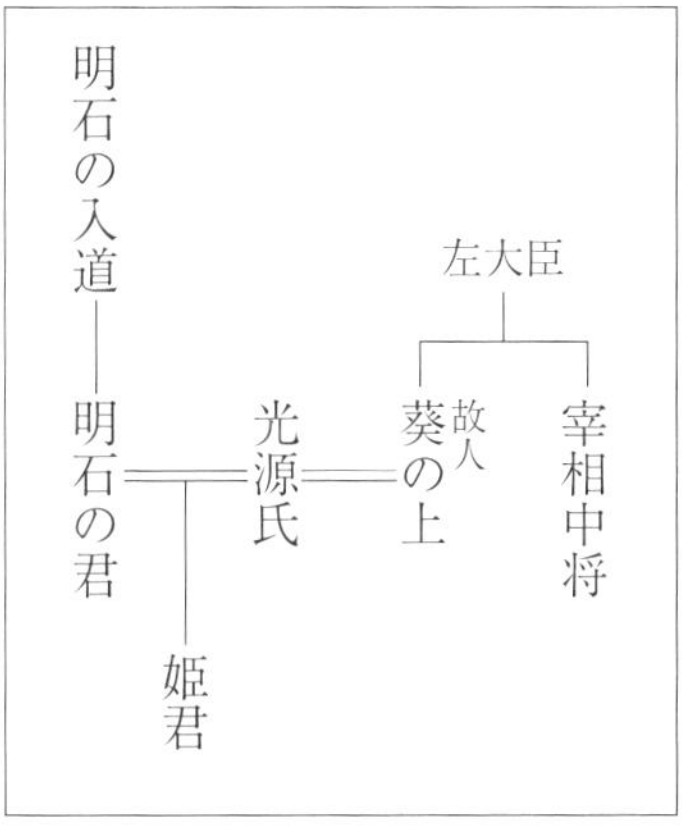

（光源氏が）おはすべき所は、行平《ゆきひら》の中納言の藻塩《もしほ》たれつつわびける家居近きわたりなりけり。海づらはやや入《い》りて、あはれにすごげなる山中《やまなか》なり。垣《かき》のさまよりはじめてめ

都落ちする光源氏と従者

づらかに見たまふ。茅屋《かやや》ども、葦《あし》ふける廊《らう》めく屋《や》などをかしうしつらひなしたり。（②一八七）

お住まいになる所は、行平《ゆきひら》の中納言が「藻塩たれつつわぶ」と詠んだ家の近くであった。海岸から少し奥に入って、身に沁みるようなもの寂しい山中である。垣根をはじめとして、すべてを珍しく源氏はお感じになる。茅葺《かやぶ》きの小屋、葦葺《あしぶ》きの廊など、風情あるように造ってある。

＊

源氏が須磨に移ったのは、三月下旬のことであったが、ここではじめに在原行平《ありわらのゆきひら》の名があがる。行平は業平《なりひら》の兄で、彼は須磨にいたことがあり、その地で「わくらばに問ふ人あらば須磨の浦に藻塩垂《た》れつつわぶと答へよ」（もしも稀《まれ》に私のことを尋ねる人がいたなら、須磨の浦で、藻塩にかけた海水が流れるように、涙を流し嘆いていたとお伝え下さい）と詠《よ》んだことが『古今集』に知られる。藻塩が垂れることから涙がぽたぽたとおちることが連想され、それが「わぶ」（思い嘆く）という心情を導く。この和歌のイメージを利用して、須磨の世界が作りあげられていく。鄙《ひな》びた土地にふさわしく茅屋《かやや》や葦葺《あしぶ》きの渡り廊下が出てくるが、源氏が暮らすとそれさえも風流に感じられる。このような和歌の引用は、あとの場面にも見出される。

須磨には、いとど心づくしの秋風に、海はすこし遠けれど、行平《ゆきひら》の中納言の、関吹き越ゆると言ひけん浦波《うらなみ》、夜々《よるよる》はげにいと近く聞こえて、またなくあはれなるものはかかる所の秋なりけり。（①一九八）

秋は人に物思いを募《つの》らせる。右では『古今集』歌「木の間《こま》よりもりくる月の影見れば心づくしの秋は来《き》にけり」（木の間から漏れてくる月の光を見ると、もの思いの限りを尽くす秋が来たのだと感じる）の語句を用い、それにつづけて、ここでも行平の和歌が引用される。「旅人は袂《たもと》涼しくなりにけり関吹き越ゆる須磨の浦風」（旅人は袖の涼しさを感じるようになりました。関を越えて吹く須磨の浦風によって）である。関所を越えて吹きつける秋風は、涼しさだけでなく、寂しさも感じさせる。源氏は人の往来の多い海辺を避け山辺に住まいを構えていたが、もの寂しい秋の夜は、海の波の音がそこまで聞こえてきたという。多くの和歌表現に支えられ、源氏の流離にふさわしい抒情的な舞台が整えられていく。

【須磨・明石】

八月十五夜・白居易《はくきょい》や道真《みちざね》のように

引用されるのは和歌ばかりではない。八月十五夜、源氏は、かつて宮中で催された管絃《かんげん》の宴を懐かしみ、「都に残してきた人々も、きっと今この月を見つめているのだろう」と、月を眺《なが》める。そこで源氏は「二千里外故人心《じぜんりのほかこじんのこころ》」と口ずさむ。これは白居易《はくきょい》の詩の一節で、この中唐の大詩人の名は桐壺巻の章でも出て来たから、ご記憶の読者も多いことであろう。彼は『源氏物語』にとってとても大切な人物で、このあともこの本の中でくり返し登場してもらうことになるから、ぜひ注意しておいてほしい。さてこの白居易の詩は「八月十五日夜、禁中に独り直《ちょく》し、月に対して元九《げんきゅう》を憶《おも》ふ」という題を持つ。その題の通り、ひとり宮中に宿直する白居易が、遠く離れた地にいる親友の元稹《げんしん》を思って詠んだ詩である。このとき元稹は左遷されて湖北の江陵《こうりょう》にいた。源氏は自身が左遷された立場にあるが、白居易と同様に、遠く離れたところにいる人々を思い、月を眺めるのである。

それにつづけて源氏は、朱雀帝を懐かしく思い出した。そのとき源氏が口にしたのは、菅原道真《すがわらのみちざね》の「恩賜《おんし》の御衣《ぎょい》は今此《ここ》に在《あ》り」という詩句であった。道真は讒言《ざんげん》により大宰府に流されたが、その前年、道真は重陽《ちょうよう》の宴で「秋思《しゅうし》」という題で詩を詠み、それに感じ入った醍醐《だいご》天皇から褒美《ほうび》の御衣を下賜《かし》された。その御衣を手に捧げ大宰府で詠《えい》じたのが、源氏が口ずさんだ右の詩句であった。

このように、須磨巻では多くの漢詩文が引用されている。そのなかでも、漢詩文の引用がきわめてドラマチックなかたちでなされているのが、宰相中将《さいしょうのちゅうじょう》（かつての頭中将）が須磨に源氏を訪ねる場面である。

住まひたまへるさま、言はむ方《かた》なく唐《から》めいたり。所のさま絵に描きたらむやうなるに、竹編《あ》める垣《かき》しわたして、石の階《はし》、松の柱、おろそかなるものからめづらかにをかし。……夜《よ》もすがらまどろまず文《ふみ》作り明かしたまふ。（宰相中将は）さ言ひながらも、ものの聞こえをつつみて、急ぎ帰りたまふ、いとなかなかなり。御土器《かはらけ》まゐりて、「酔《ゑ》ひの悲しび涙灑《そそ》く春の盃《さかづき》の裏《うち》」ともろ声に誦《ず》じたまふ。御供の人も涙をながす。（②二一三）

源氏のお住まいは、言いようもないくらい中国風の風情があった。土地の様子が絵に画いたようにすばらしいのに加え、竹を編《あ》んだ垣をめぐらし、石の階段、松の柱など、簡略ながらも珍しい風情がある。…光源氏と宰相中将は、一晩中、まどろみもせず、漢詩を作って夜をお明かしになる。須磨まで源氏に会いに来たことを、たとえ咎《とが》められてもよいと思ってのことであったと言っても、世の噂になるのを憚《はばか》って、宰相中将は急いでお帰りになるが、源氏と再会したことによって、かえって別れのつらさを感じずにはいられないのであった。お酒を召し上がり、「悲しい酒に酔っては春の杯に涙を注ぐ」と声を合わせて朗詠《ろうえい》なさる。お供の人々も涙を流している。

＊

源氏の住まいは中国風に設《しつら》えられていた。竹編みの垣、石の階段、松の柱というのは、白居易《はくきょい》が自らの草堂を詩に詠《よ》んだのをそのまま再現したような住まいである。およそ一年ぶりの再会に、源氏の息子・夕霧のことなど、話は尽きない。そして二人は、一晩中、漢詩を作って夜を明かす。酒を酌《く》み交《か》わし、二人が声を合わせて吟詠《ぎんえい》したのは、「『酔《ゑ》ひの悲しび涙灑《そそ》く春の盃《さかづき》の裏《うち》』ともろ声に誦《ず》じたまふ」とあるように、やはり白居易の詩句であった。これは白居易が元稹《げんしん》と四年ぶりに長江《ちょうこう》で偶然再会したときに作った詩で、短い再会期間中に語り尽くせなかったことがこの詩にまとめら

【須磨・明石】

れている。元稹と白居易はそれぞれ地方の役職に就き、新たな任地に向かう途中であった。中央の官職に恵まれず、互いに胸に秘める思いがあっただろう。しかしそのことはさておき、今は君の詩文を愛《め》でよう、という。そして、この詩は「未《いま》だ死せずんば、会《かなら》ず応《まさ》に相《あ》ひ見ること在《あ》るべし」（生きてさえいれば、必ずまた会えるはずだ）「又《また》知らん、何《いづ》れの地、復《ま》た何《いづ》れの年なるかを」（それはいったい、どこで、何年後のことなのだろうか）と結ばれる。まさに源氏と宰相中将《さいしょうのちゅうじょう》のいまの境遇にぴったりではないか。白居易の詩を引用しながら、光源氏と宰相中将の友情のドラマを物語は描いてみせたのだった。

突然の暴風雨・夢に現れた桐壺院

こうした侘び住まいを構えた光源氏はやがて明石に移り、最終的には京に戻って来る。光源氏の運命と物語をそこまで大きく動かすためには、何か大きな力が必要だったのだろう。その「大きな力」こそ、暴風雨と桐壺院の夢告《むこく》である。

暴風雨は、何の前ぶれもなく始まった。それは須磨巻の巻末、三月上旬の出来事であった。上巳《じょうし》の祓《はら》えと呼ばれ、三月の初めの巳《み》の日に禊《みそ》ぎを行う風習が、当時あった。宰相中将《さいしょうちゅうじょう》が帰ったあと、ふさぎこんだ源氏の様子を見た人にすすめられるままに、源氏は何気なく祓えを行った。陰陽師《おんみょうじ》を呼び、舟に乗せた人形《ひとがた》を海に流した。その人形に罪や穢《けが》れを負わせ、水に流すのである。

海の面《おもて》うらうらとなぎわたりて、行《ゆ》く方《へ》もしらぬに、来《こ》し方行《かたゆ》く先《さき》思しつづけられて、

八百《やほ》よろづ神もあはれと思ふらむ犯せる罪のそれとなければ
とのたまふに、にはかに風吹き出でて、空もかきくれぬ。（②二一七）

海は一面凪《な》いでいた。暴風雨の予兆《よちょう》はまったくない。大海原に流される人形《ひとがた》を見て、源氏はその人形を自分と重ね合わせ、自分はこれからどうなってしまうのだろう、と思いを馳《は》せる。「八百万《やおよろず》の神々も、私を哀れに思って下さるだろう。私にはこれといって犯した罪もないのだから」、源氏がそう詠《よ》んだ途端、急に風が吹き荒れ、空は真っ暗になった。その後、激しい雨が降り、雷が鳴り響き、祓えどころではなくなってしまう。まさしく、源氏の和歌がこのような暴風雨を呼び起こしたのである。

この暴風雨は何を意味しているのだろうか。いわゆる歌徳《かとく》説話――和歌を詠むことにより、神仏の心を動かし、利益や幸福を得る話――と違い、その意味するところは分かりにくい。源氏は雨を乞《こ》うたわけではない。自らに罪がないことを訴え、それに応じて激しい雨が降ったのである。天が源氏にいかりを示したのか？　人々が慌てふためくなか、源氏は落ち着き、読経して過ごしている。自分の罪が咎められたとは考えていないようである。しかし、明石巻に入っても暴風雨はやまず、源氏もだんだん心細くなっていく。使者から聞いたところによると、都でも暴風雨が起こり、これは「物のさとし」だとして、「仁王会《にんわうゑ》」（国の平穏無事を祈り、仁王般若経《にんのうはんにゃきょう》を講ずる行事）が行われたという。天は都の朱雀帝にもいかりを示しているようである。この暴風雨の規模は大きい。そしてついに、源氏の屋敷に雷が落ちる。

このように源氏の心に揺さぶりをかけた暴風雨は、それと同時に桐壺院の霊を導くしかけにもなっていた。雷雨の騒ぎで疲れ果てた源氏は、ほっと安心し、まどろむ。そこに故桐壺院が現れた。

故院（桐壺院）**ただおはしまししさまながら立ちたまひて、「などかくあやしき所にはものするぞ」とて、御手を取りて引き立てたまふ。**（桐壺院）**「住吉《すみよし》の神の導きたまふままに、はや舟出《ふなで》してこの浦を去りね」とのたまはす。**（②二二八）

――亡き桐壺院が、生前とまったく同じお姿でお立ちになって、「どうしてこのような見苦しい所にいるのか」と言って、源氏の手を取って引き起こしなさる。桐壺院は「住吉の神のお導きのままに、はやく舟出してこの浦を立ち去りなさい」とおっしゃる。

＊

光源氏は幼くして母を失い、母の一族も皆他界していたため、彼は何の後ろ盾もなく生きてきた。唯一の頼りは、父桐壺院であった。葵《あおい》・賢木《さかき》巻の章で見たとおり桐壺院が崩御し、右大臣家が権勢を誇る世の中になると、源氏は次第に居場所をなくしていく。そのような逆境のなか、彼は須磨下向《げこう》を決めた。そして、その須磨の地で経験した暴風雨。疲れ果てた状態のなか、ようやく父桐壺院と会えたのであった。たとえそれが夢であったとしても、父親と再会できた源氏は、どれほど嬉しかったことだろう。賢木巻から須磨・明石巻にかけて、光源氏の心の奥底には、常に父桐壺院を恋い慕う気持ちがある。その思いがここで溢《あふ》れる。しかし、夢は儚《はかな》い。桐壺院は姿を消し、目を覚ました源氏の前にあるのは輝く月の姿だけであった。夢であってももう一度会いたいと、必死になって眠りにつこうとする源氏の姿は、あまりにも切ない。

源氏は須磨の生活に嫌気がさしていたこともあり、住吉の神の夢告を受けて源氏を迎えに来た明石《あかし》の入道《にゅうどう》という人物に連れられ、須磨から明石へ移る。それにより物語世界の雰囲気はがらりと変わり、源氏と明石の入道、そして源氏と明石の君の物語へと移る。さらにこのあとの物語を少し先取りしておくと、源氏のもとを去った桐壺院の霊は都に向かい、朱雀帝の夢に現れる。不機嫌な表情で朱雀帝を睨《にら》みつけた桐壺院は、源氏が都を離れ明石の地にいるのはあるまじきことだと言って聞かせるのであった。それが原因なのか、朱雀帝は眼病を患《わずら》う。さらに太政大臣（朱雀帝の外祖父、弘徽殿女御《こきでんのにょうご》の父。もとの右大臣）が亡くなり、弘徽殿女御の体調もすぐれない。母・弘徽殿女御の忠告に背き、ついに朱雀帝は光源氏を都に戻す宣旨《せんじ》を下すことになる。このように、桐壺院の夢告を原動力として、物語が大きく展開していくことになる。須磨・明石巻は、リアリスティックな傾向の濃い『源氏物語』にはめずらしく、超自然的要素に支えられた巻々なのであった。

【須磨・明石】

明石の君との出会い

ここで話は九年前の春にさかのぼる。若紫巻で病気療養のために北山を訪れた光源氏は、加持を受けたあと、寺の裏山から京を見下ろし、その眺望を楽しんだ。まだ少女だった紫の上を見つけた、あの垣間見《かいまみ》の場面の直前のエピソードである。若紫巻の解説においてその部分の鑑賞は省略したので、ここでまとめて説明しておくと、描かれた絵のように美しい景色を眺めながら、お供の者と雑談を交わすなか、その景色に劣らず風光明媚《ふうこうめいび》な明石の地で暮らす父娘のことが話題にのぼった。その父娘こそ、右に少しふれた、明石《あかし》の入道《にゅうどう》と明石の君である。

明石の入道は光源氏と縁続きの人であるらしく、入道の父・故大臣は桐壺更衣の父・按察使大納言《あぜちだいなごん》の兄弟だった。つまり、源氏にとって入道は、母の従兄弟《いとこ》にあたる。大臣の子息で出世もできたはずなのに、入道は「世のひがもの」（たいそうな変わり者）で、近衛中将《このえのちゅうじょう》の官職を捨て、みずから播磨《はりま》の国守《こくしゅ》となり、そのままそこに土着して、あげく出家を遂《と》げてしまう。入道は娘の将来に特別の思いをかけており、この田舎で分相応《ぶんそうおう》の相手と縁組することなどさらさら考えていなかった。

そのような明石の入道にとって、光源氏が明石に来たのは、またとない好機であった。ぜひ娘を源氏に縁《えん》づけたいと思うが、実際に光源氏を前にすると、なかなかその話を切り出すことはできない。しかし、娘の将来を常に気にかけていた入道は、みずからの半生を語り、日々のお勤めの話をしているうちに、どうしても話題は娘のことになり、望むような相手と結ばれないまま自分が先立つようなことがあったら、海に身を投げてしまえと言いつけてあると語る。それを聞いた源氏は、入道の話に感じ入り、その娘に関心を抱いていく。

一方、明石の君本人は、源氏との関係に慎重であった。明石の君としても地方貴族の男を相手にする気持ちはないが、かといって源氏と自分ではあまりにも身分が違いすぎる。源氏が和歌をおくっても、明石の君は恥ずかしく思って、なかなか返歌《へんか》をしない。相手が光源氏といえども、すぐに源氏の言いなりになるのではなく、明石の君は高貴な女性にも劣らぬ振る舞いを見せ、源氏に靡《なび》かない。源氏が明石にいるときだけの一時《ひととき》の関係で終わり、相手にされなくなったあと嘆き悲しむのは嫌なのである。源氏は明石の君を自邸に呼びたいと考えるが、明石の君にその意志はまったくない。

【須磨・明石】

この時代、女は男を自らの屋敷に通《かよ》わせるのが一般的で、明石の君としては、それから逸脱するようなかたちで二人の関係を始めることなど考えられないのであった。このように、源氏と明石の君は、お互い「心くらべ」をして過ごしていた。

そうした二人の関係がついに動く。秋、月の美しい夜、ためらう明石の君をよそに、入道は強引に段取りを整え、源氏を迎え入れるのである。

（光源氏は）御直衣《なほし》奉《たてまつ》りひきつくろひて夜更かして出でたまふ。御車は二《に》なく作りたれど、ところせしとて、御馬《むま》にて出でたまふ。惟光《これみつ》などばかりをさぶらはせたまふ。やや遠く入る所なりけり。道のほども四方《よも》の浦々見わたしたまひて、思ふどち見まほしき入江の月影にも、まづ恋しき人の御事を思ひ出で聞こえたまふに、やがて馬《むま》ひき過ぎて赴《おもむ》きぬべく思す。

秋の夜のつきげの駒《こま》よわが恋ふる雲居《くもゐ》をかけれ時のまも見んとうち独《ひと》りごたれたまふ。（②二五五）

光源氏は直衣《のうし》をお召しになり、身なりを整え、夜更けを待ってお出かけになる。お車はこの上なく立派に作ってあるが、大げさだといって、馬でお出でになる。惟光ら数名だけを、お供に付けた。娘の住まいは、海辺から少し山の方へ入った所であった。道中も周囲の浦々をご覧になり、愛する人と眺めたい入江の月を見るにつけても、まずは恋しいあの人、紫の上のこと

月明かりの一夜　源氏は明石の君のもとに

を思い出しなさり、そのまま通り過ぎて都へ向かってしまいたいとお思いになる。

月毛の駒よ、秋の夜の月のように、私が都を思って眺める天空を駆けておくれ。少しの間でも、あの人の姿を見たいのだ。

と、独り和歌を口になさった。

＊

初めて明石の君を訪ねる夜、その道中、明石の浦で月を眺め、源氏が感傷にひたる場面だが、そこで源氏は都に残してきた紫の上のことを思い、和歌を詠む。紫の上を垣間見る直前に明石の君が話題にのぼっていたのと照応するように、初めて明石の君と会う直前に紫の上のことを思っている。これはまさしく、明石の君という女君が、紫の上と対《つい》をなして語られる存在であることを示している。

紫の上は光源氏にもっとも愛された女君で、彼の生涯の伴侶となった女性である。しかしながら、残念なことに、彼女に子どもは生まれなかった。それに対して明石の君は、光源氏とのあいだに姫君をもうけることができた。

子を生まない紫の上と、娘を生んだ明石の君。二人の女君の物語は、互いに重なり合いながら、それぞれの人間ドラマを描き出していく。では、娘を生んだ明石の君が幸せだったかというと、決してそうではない。娘を皇妃候補《きさき》として育てようと考えた源氏は、のちに明石の姫君を紫の上に預けることに決める。ここでも明石の君は、自らの「身のほど」、身分の低さを痛いほど知らされ、それゆえの苦悩を味わわされることになる。

また、紫の上にしてみても、明石の姫君はお腹を痛めた子ではなく、自分と源氏を結びつけているのは、結局のところ愛情という不確かなものでしかない。光源氏と紫の上を、純粋な愛情によってのみ結びついた男女として造型するためには、そしてそのことによる苦悩を紫の上に担《にな》わせるためには、紫の上に子が生まれてはならなかったのだろう。その紫の上と対をなすように配置されている明石の君の特性が、右に見た初めての逢瀬《おうせ》の場面にもはっきりとあらわれているのである。

【須磨・明石】

帰京した光源氏

須磨・明石巻を経て、光源氏が手にしたもっとも大きなものは、明石の君である。そして、彼女のお腹のなかには、やがて生まれてくる子がいる。しかし、源氏が得たのはそれだけではなかった。都を離れ、女君たちと離れ離れになったことにより、それらの女君たちとあらためて関係を結び直したことも光源氏の人生には、大きな意味があった。それは、離京前の別れの挨拶、それから須磨に下ったあとの和歌の贈答などに確認される。紫の上が側《そば》にいない生活を経験し、紫の上の大切さが身にしみて感じられたし、また源氏不在の家を守ることによって、紫の上は逞《たくま》しさを身につけた。

一度離れることによりかえって強められた女君たちとの関係は、今後の光源氏を支えるものとなる。

不遇の日々のなか、源氏には学ぶことも多かった。賢木《さかき》巻から須磨《すま》巻にかけて、少なからぬ人々が源氏に対する態度を変えていった。賢木巻における桐壺院の崩御後は正月の挨拶に訪れる人の数もめっきり減ってしまったし、須磨に出発する際、閑散とした自邸の有様を見るにつけても、世の人の心の移ろいやすさを実感していた。栄華を誇っているときは人々も寄ってくるが、いざそれを失うと、人々は離れていく。そのような状況に備えるためにも、源氏は政治の現場で求められる「漢才《からざえ》」（漢籍の学問）を重視し、これがのちの、息子夕霧《ゆうぎり》に対する教育方針にも関わってくるのであるが、それは後の章にゆずろう。

光源氏は都に戻り、権大納言《ごんだいなごん》に昇進した。お腹に子を宿《やど》した明石の君は明石の地に残したままである。二人の関係はこれからどうなっていくのか。宮中の政治の場で、源氏はどのような活躍を見せるのか。須磨・明石の流離《りゅうり》を経験し、人間的な深さを身に備えた光源氏の、新しい物語が始まる。


（東　俊也）

ダイジェスト4

澪標《みおつくし》・蓬生《よもぎう》・関屋《せきや》巻

東宮《とうぐう》が冷泉帝として即位し、後見役の源氏は内大臣に就任、実質的な権力者の座についた。一方、明石の地では、明石の君が姫君を出産する。宿曜《すくよう》（占星術）によって姫君が将来、帝に入内《じゅだい》して中宮《ちゅうぐう》となることを知った源氏は、一刻も早くこの母娘を都に呼び寄せようと考えるのであった。

その頃、六条御息所《ろくじょうのみやすんどころ》は、帝の代替わりによって伊勢の斎宮《さいぐう》を退いた娘とともに帰京していたのだが、体調を崩し病の床《とこ》に臥《ふ》していた。御息所は、見舞いに訪れた源氏に娘の事を託して世を去る。源氏は、御息所への罪滅ぼしに、前斎宮を養女として後見し、冷泉帝に入内させることを思いつき、帝の母である藤壺の承認を取りつけた。（澪標）

源氏が都を離れている間、さらには帰京した後も、末摘花《すえつむはな》はすっかり源氏に忘れ去られ、その生活も困窮を極めていた。かねてより末摘花のことを快《こころよ》く思っていなかった末摘花の叔母は、この機会に末摘花を娘の侍女にしようと企《たくら》み、夫の大宰大弐《だざいのだいに》が任地に赴任する際に末摘花に同行を勧める。しかし末摘花は頑《かたく》なに拒み、荒れ果てた邸を離れようとせず、源氏を待ちつづける。ある日、偶然末摘花の邸の前を通りかかった源氏は、末摘花のことをやっと思い出し、生い繁った蓬を払いつつ訪問する。心変わりしなかった末摘花の誠実さに源氏は感動し、以前と同様に手

厚く生活を援助して、後には自らのもとに彼女を引き取ったのであった。（蓬生）

一方、夫の赴任地である常陸国《ひたちのくに》（現在の茨城県あたり）に下っていた空蟬《うつせみ》は、任期を終えた夫に伴われて上京することになったが、その途中、逢坂《おうさか》の関にさしかかった際、石山寺《いしやまでら》へ参詣しようとする源氏の一行に遭遇する。源氏は右衛門佐《うえもんのすけ》（かつて、小君《こぎみ》と呼ばれていた空蟬の弟）を通じて空蟬に伝言し、後日も空蟬と手紙を交わした。二人は、互いに昔の恋を懐かしみ、感慨にふけったが、その後、空蟬の夫が亡くなると、義理の息子の河内守《かわちのかみ》（もとの紀伊守《きのかみ》）が空蟬に言い寄り始める。疎《うと》ましく思う空蟬は、ついには出家を遂げてしまった。（関屋）

（栗本　賀世子）

＊クイズ①〈どの巻の絵でしょう？　本書のカバーにも用いられています〉⇓答え198頁

6 絵合《えあわせ》・松風《まつかぜ》巻——新たな宮廷秩序

平安貴族と絵合せ

須磨、明石に流離し、辛苦《しんく》を味わった光源氏は三年の時を経てようやく帰京をはたしたが、それにともなって、政界にも変化が生じた。朱雀帝が退位し、冷泉帝が新たに即位したのである。

絵合巻は、新たに即位した冷泉帝の後宮における優雅な催し、絵合せの行事を描くことを通じて、宮廷社会の新たな秩序を描き出そうとする。はたして絵合せとはどのような行事なのであろうか。

清少納言は『枕草子』のなかで、「うれしきもの……物合《ものあは》せ、何くれといどむ事に勝ちたる、いかでかはうれしからざらむ」と物合せに勝つ喜びを「うれしきもの」の一つとして挙げているが、このように王朝人《びと》たちもいろいろなものを対象に競い合うことを好んだ。鳥合せ、虫合せをはじめ、前栽《せんざい》合せ（植物）、薫物《たきもの》合せ（お香）、扇合せ、貝合せなど、実にさまざまなものが番《つが》えられ、優劣が競われたのである。

故人 六条御息所——斎宮の女御＝冷泉帝
権中納言——弘徽殿女御＝冷泉帝

絵合せとは、左方と右方、人々が二つに分かれ、持ち寄った絵の優劣を競う催しであるが、ここで注意すべきことがある。実は『源氏物語』以前に、絵合せという行事がたしかに行われた例は、今日知られていないということである。

例えば平安時代の絵合せの実例としてよく知られたものに、「麗景殿女御歌合《れいけいでんのにょうごうたあわせ》」があるが、歌合とは言うものの、これは、和歌に絵を添えた歌絵合《うたえあわせ》であった。提示された題をもとに和歌を詠《よ》み、作者の歌心《うたごころ》に通じる絵を描き添え、さらにはその意図や技法などを競い合うもので、これは『源氏物語』の絵合行事に通じる部分を有するが、しかしこの催しが開かれたのは、『源氏物語』の時代から半世紀ほど下った、永承五年（一〇五〇）四月二十六日。主催者の麗景殿女御とは藤原延子《えんし》のことで、後朱雀天皇の後宮で催されたのが、この行事なのである（くわしくは『古今著聞集《ここんちょもんじゅう》』参照）。

このように見てくると、この絵合せという行事は、紫式部が、この物語のために独自に作り出したものなのではないかとさえ思われてくるが、さてではこのあたりで、その絵合せの行事がどのようなものであり、なぜそれが行われることになったのか、物語の文脈に即してみてゆくことにしよう。

【絵合・松風】

藤壺御前の絵合せ

絵合巻は前斎宮《ぜんさいぐう》の入内《じゅだい》の話題から語りだされる。この前斎宮という人物は、六条御息所《ろくじょうのみやすんどころ》の娘で、朱雀帝の即位にともなって、伊勢の斎宮となり伊勢神宮へ下向したが、やがて朱雀帝が譲位したことに伴い、斎宮をおりて帰京した（ダイジェスト4）。その彼女が、御息所の遺言をうけた光源氏に後見され、この巻で、冷泉帝の後宮に入内することとなるのである。後宮の「凝華舎《ぎょうかしゃ》」と呼ばれた建物に入内したので、その「凝華舎」の別名「梅壺」にちなんで「梅壺の御方」とも呼ばれ、さらに一般には「秋好中宮《あきこのむちゅうぐう》」の名で知られる女性であるが、この章では「斎宮の女御《さいぐうのにょうご》」と呼ぶことにする。

さて冷泉帝にはすでに権中納言《ごんちゅうなごん》（かつての頭中将《とうのちゅうじょう》）の娘が入内しており、弘徽殿女御《こきでんのにょうご》として、後宮に重きをなしていた（もちろん前の章までの弘徽殿女御と、この人とは別人である）。新たに入内した斎宮の女御は、帝の寵愛もあつい弘徽殿女御におされぎみであったが、冷泉帝はことに絵画を愛し、斎宮の女御も絵のたくみな女性であったことから、やがて帝と斎宮の女御とは打ち解け、それをきっかけとして冷泉後宮には空前の絵画ブームが巻き起こる。

弘徽殿女御の父権中納言は、敗けてなるものかと、娘のもとに新作の物語絵をふんだんに用意して若き帝王の歓心《かんしん》を買おうとし、一方の光源氏も、斎宮の女御のために秘蔵の絵を惜しみなく提供する。ひとびとの熱狂は、ここにますます熱を帯びて、ついには、左方・斎宮の女御、右方・弘徽殿女御に分かれての、絵合せの行事へと発展してゆくのであった。それは、当然それぞれの女御を後見する光源氏と権中納言との威信をかけた争いの様相を帯《お》びてくるが、いよいよここで、当日の番組を紹介することとしたい。

中宮（**藤壺**）**も参らせたまへるころにて、かたがた御覧じ捨てがたく思ほすことなれば、御行ひも怠りつつ御覧ず。……まづ、物語の出《い》で来《き》はじめの親なる竹取《たけとり》の翁《おきな》に宇津保《うつほ》**

【絵合・松風】

の俊蔭《としかげ》を合はせてあらそふ。「なよ竹の世々に古《ふ》りにけること、をかしきふしもなけれど、かぐや姫のこの世の濁りにも穢《けが》れず、はるかに思ひのぼれる契りたかく、神世《かみよ》のことなめれば、浅はかなる女、目及ばぬならむかし」と言ふ。右は、「かぐや姫の上《のぼ》りけむ雲居《くもゐ》はげに及ばぬことなれば、誰《たれ》も知りがたし。この世の契りは竹の中に結びければ、下《くだ》れる人のこととこそは見ゆめれ。ひとつ家の内は照らしけめど、ももしきのかしこき御光には並ばずなりにけり。（②三八〇）

藤壺の中宮も参内していらっしゃるころのこと、どれもこれもお見逃しになりがたいことなので、仏前の勤行もとかく怠りがちに絵を御覧になる。……左方（源氏）はまず最初に、物語の元祖と言うべき竹取の翁の物語を出したが、右方（権中納言）は、宇津保の俊蔭の物語を合わせてきそった。左方は「これはなよ竹の世々《よよ》（節々《よよ》）を重ねて古くから伝わる話で、特におもしろいところはないですが、かぐや姫がこの世の濁りにもけがれず、はるかに天に昇った宿縁は気高く、神代のことのようですから、思慮の浅い女《ひと》は、見てもその価値がわからないでしょう」とその価値を主張する。すると右方は、「かぐや姫が昇天したという雲居は、たしかに私たちの手の届かない所ですから、誰にも分かりがたいこと。むしろこの世の縁を竹の中で結んだのでしたから、身分卑しい女《ひと》と思われます。翁の一家の内でだけでは照り輝いたかもしれませんが、宮中のおそれ多い帝の御光と並んで皇妃《きさき》にはなることなく終わってしまったのでした」と応戦する。

初めに番《つが》えられたのは、『源氏物語』以前の物語文学の代表作、『竹取物語』と『宇津保《うつほ》物語』、その重要な場面を描いた絵であった。斎宮《さいぐう》の女御方《にょうごがた》が『竹取』で、弘徽殿女御方《こきでんのにょうごがた》が『宇津保』を出したのであったが、右の場面で「物語の出で来はじめの親」と呼ばれ、今日では物語文学史の第一ページを飾る記念碑的な作品として知られる『竹取物語』を、右方の方人《かたうど》（味方のこと）は手厳しく批評する。

*

『竹取』とはずいぶん古めかしい作品を出してきたもので、しかもその主人公は竹の中から生まれたという、なんとも素性のあやしげなヒロインであること、と。斎宮の女御を擁《よう》する左方は、それに精いっぱい反論せねばならないが、力及ばず、『竹取』の後にできた新作の物語で、清原俊蔭《きよはらのとしかげ》という主人公が、遠く異郷の地まで流れて、大変な苦悩の果てに類《たぐい》まれな琴の名器の数々を手に入れて帰国するという、壮大なスケールをもった新作物語――『枕草子』をみるとその作者・清少納言も熱狂したらしい――『宇津保』に圧倒されてしまう。『竹取』の古めかしさに対する『宇津保』の新しさ、ここには新旧の対照があるわけだが、それは物語の内容・成立時期の問題だけにはとどまらない。斎宮の女御方の『竹取』の絵は、巨勢相覧《こせのあふみ》によって絵が画かれ、絵に添えられた詞《ことば》は紀《きの》貫之《つらゆき》が書いたとあるように、『源氏物語』の時代から見ると、何世代か前の名人上手たちが腕を振るった、クラシックな名品。それに対して弘徽殿方《こきでんがた》の『宇津保』は、絵師には飛鳥部常則《あすかべつねのり》を、詞書《ことばが》きには小野道風《おののみちかぜ》を配して――つまり巨勢相覧や貫之より、一世代後の名人たちをあてた――ぐっとモダンで、華やかな絵を用意してきたのであった。このあたり、実在の人物の名をちりばめることで、この絵合が、まるで実際に催された行事であるかのような印象を与えるところであるが、いずれにせよ、この新旧の争いは、右方の弘徽殿方に軍配が上がることとなった。斎宮の女御と光源氏の左方は、右方のきらびやかさの前に膝を屈するしかないのであった。

さてではつづく第二番はどうなったであろうか。本文は省略するが、今度は、左方が『伊勢物語』の絵。言わずと知れた在原業平《ありわらのなりひら》を想起させる男と女たちのかかわりを、歌を中心に据《す》えて抒情的に描き出す、愛すべき掌編。歌物語の元祖とでもいうべき作品である。それに対して、右方が出してきた『正三位《じょうざんみ》』は、現在は散逸してしまって、その内容を明らかにすることは難しいのだが、右につづけて「梅壺の御方は、いにしへの物語、名高くゆゑあるかぎり、弘徽殿は、そのころ世にめづらしく、をかしきかぎりを選り描かせたまへれば」（②三七九）とあることをみれば、『伊勢物語』に比べてずっと新しく、現代的な華やかさを有した物語と想像される。後宮《こうきゅう》における華麗なる争いという点からいえば、古風な『伊勢物語』より、『正三位』の「世にめづらしく、をかしき」華やかな雰囲気のほうが、ずっとふさわしいとも言いうるわけで、ぱっと目を引く右方の絵のほうが今回も優勢に見えた。

さあ、光源氏が後見する斎宮の女御は、二番つづけて負けを喫してしまうのだろうか。方人《かたうど》たちもややあきらめかけたその時である。藤壺から救いの手が差しのべられた。藤壺は『正三位』の女主人公とされる兵衛の大君が高貴な出自《しゅつじ》ではないにもかかわらず、入内を果たし、帝の寵愛を受けたことを一応認めながらも、「在五中将《ざいごのちゅうじょう》の名をばえ朽《くた》さじ」（②三八二）、在五中将、つまり業平の名をおとしめることはできますまいと、『伊勢物語』を支持した。

現代的で華やかなものの影で、ともすると忘れられてしまいそうな、古風なるもの、滅びてゆこうとするもの、それらをかけがえのないものとする考え方が、じつは『源氏物語』には一貫して見られる。『宇津保』『正三位』といった、当世風の華やかな物語の前では、古めかしい物語としてかすんでしまいかねない『竹取』と『伊勢』が光源氏がたの絵として用意されたのは、そのあらわれと言えようが、一方の藤壺はどうであろうか。

そもそも斎宮の女御の入内に賛成し、それを後押ししたのは藤壺であり、彼女が、敗けそうになった左方に助け舟を出したのは、当然とも言えるが、それだけではなく、藤壺もまた、物事のうわべの華やかさ、うつくしさだけに目を奪われることのない、心深き人であったと言うべきではないか。

参加者はもちろん、とりわけ判者《はんじゃ》には、よきもの・美しきものを真に理解する心の深さが求められるわけだが、藤壺こそそうした心の深さ、豊かさを、誰よりも備えた女性として、光源氏の意図は、この藤壺によってはじめて理解されたのである。左方は、こうして、なんとか二番つづけての負けを回避し、今回の絵合せは両者痛み分けのかたちとなったが、決着がつかなくてはなにごとも面白くない。読者も不満であろう。光源氏がそれを察したはずはないが、彼はここで、つぎは帝の御前で決着をつけようと、二度目の絵合せを提案する。

冷泉帝御前の絵合せ

こうして後日開かれることとなった、二度目の絵合せであるが、権中納言《ごんちゅうなごん》の力の入れようは、前回に輪をかけてのもので、勝負はついに夜におよんだ。今日も、きらびやかな名品の数々によって、斎宮の女御がたをねじ伏せようとする右方《みぎかた》であったが、それに対する左方《ひだりかた》、すなわち光源氏がたが今回用意した品は、実に意外なものであった。実力伯仲《じつりょくはくちゅう》、両者一歩も引かぬ戦いの末に、最後にはこれをと、光源氏が出してきた逸品とは？

定めかねて夜《よ》に入りぬ。左はなほ数ひとつある果てに、須磨の巻出で来たるに、中納言の御心騒ぎにけり。あなたにも心して、果ての巻は心ことにすぐれたるを選《え》りおきたまへるに、かかるいみじきものの上手の、心の限り思ひ澄まして静かに画《か》きたまへるは、たとふべき方なし。親《み》王《こ》よりはじめたてまつりて、涙とどめたまはず。その世に、心苦し悲しと思ほししほどよりも、おはしけむありさま、御心に思ししことども、ただ今のやうに見え、所のさま、おぼつかなき浦々磯の隠れなく描きあらはしたまへり。（②三八七）

実力伯仲　冷泉帝御前での絵合

勝負がつかないで夜になった。まだ番数が一つ残っている最後に、左方《ひだりかた》から須磨の絵巻が出てきたので、権中納言のお気持ちは平静ではいられなかった。右方《みぎかた》でも用心して最後にはとくに優れた絵を選んでいらっしゃったのだが、このような群を抜く絵の名人・光源氏が、心ゆくばかり思いを澄ませて静かにお描きになった絵は、なんともたとえようがない。判者をつとめた蛍宮をはじめとして、どなたも涙を抑えることがおできにならなかった。その当時、皆が都で源氏の君のことをお気の毒だ、悲しいとお思いになった時よりも、（この絵をみると）その地で源氏がどんな有様でお暮らしだったのか、どのようなお気持ちでいらっしゃったのか、あれこれのことがまるで目の前のことのように思われ、その土地の風景、都にいては想像もつきかねる浦々や磯の様子を源氏の絵はくまなく描きあらわしていらっしゃるのだった。

＊

最後の一番のために光源氏が用意した、とっておきの絵――それはほかでもない、光源氏が須磨に流離していた際に書きためていた、日次《ひなみ》の記――須磨の「浦々磯」のさまを描き、ところどころに「あはれなる歌」どもを配した彼自身の手になる絵日記――に他ならなかった。須磨への流離という、光源氏の人生、最大の危機。明日もわからぬ苦難の日々を、けだし墨に涙を混ぜて書きつづったその絵に心揺さぶられたのは、判者として呼ばれた蛍宮《ほたるみや》（光源氏の弟）ばかりではない。

周りを見渡してみれば、いま朝廷において華やかな日常を満喫している人々は、みな、光源氏の流離時代には辛酸《しんさん》をなめた人たちばかりである。若き帝王冷泉には東宮時代、いつ位を廃されてもおかしくない危険が付きまとっていたのだし、今は敵方の権中納言《ごんちゅうなごん》も、右大臣一派の世の中においては、不遇をかこつほかなかった。しかしそれ以上に、都の空を離れ、明日の命さえどうなるかわからぬ時間に耐え忍んだのは、ほかでもない光源氏である。光源氏の逆境時代の絵と、その日々をつづった言葉をまざまざと見せつけられた彼らが、心動かされないはずがあろうか。

　右の場面に「心の限り思ひ澄まして静かに描きたまへるは、たとふべき方なし」とか、「その世に、心苦し悲しと思ほししほどよりも、おはしけむありさま、御心に思ししことども、ただ今のやうに見え」などと、「心」の語が繰り返し用いられていることに注意したい。光源氏の絵は、ひなびた須磨の地で画《えが》かれたものであり、当然限られた道具と、決して豪華とは言えない紙によって仕立てられた、むしろ簡素な品と言ってよいであろう。豪華で、瀟洒《しょうしゃ》という点では、右方の絵に劣らざるをえない。そもそも光源氏は、生まれた時からその道のトレーニングだけに明け暮れた職人や絵師ではない。「いみじきものの上手」といっても、そこには限界があるのであり、技術や工夫において、光源氏の絵日記が、専門の絵師たちによって仕立てられたそれにかなうはずがないのは言うまでもない。が、光源氏の絵には、それらの豪華さや技術にまさる、深い「心」があった。その心深さこそが、人々の内面に直接訴えかけたのである。

　今回の絵合せが「左勝つになりぬ」(②三八八)という結果になったのは、このように見てくれば、ごく自然のことであったと言えよう。この絵合の勝利により、冷泉帝をめぐる二人の女御《にょうご》の火花散らす争いには決着がつき、斎宮《さいぐう》の女御《にょうご》は、以後、冷泉帝の後宮において重きをなすこととなる。もとよりこうしたことは、物語ならではの、ロマネスクな設定である。実際の後宮政策や貴族たちの覇権争いが、絵の優劣などで決まるなどということが現実にあるはずもない。そうした意味で、この絵合せによる、華麗なる政争は、紫式部が独自に想像した、物語ならではの典雅な争いであったことにも注意しておきたい。

明石から大堰《おおい》へ・明石一家の離別と繁栄への一歩

「御子三人、帝、后《きさき》かならず並びて生まれたまふべし。中の劣りは太政大臣《おほきおとど》にて位を極むべし」(②二八五)――源氏の子供は三人で、帝、后が必ずそろって生まれ、またその中で劣った者でも太政大臣となるという宿曜《すくよう》の予言に自分の運命をあらためて自覚した光源氏は（ダイジェスト4）、松風巻に入り、新たな邸宅・二条東院《にじょうのひがしのいん》を築いた。それを契機に、澪標《みおつくし》巻で誕生した姫君と、その母明石の君を京へ迎えようとするのである。しかし、源氏からの招きに「わが身のほど」、自らの身分を絶えず意識していた明石の君は応じようとしなかった。かねてから娘の将来を何より心配していた明石の入道は都の郊外、大堰《おおい》のほとりにある尼君（明石の君の母）伝領《でんりょう》の旧中務宮《なかつかさみや》邸を修築し、そこに娘一行を移り住ませようとする。このように始まる松風巻の前半においては、ついに明石を離れ、大堰へ移り住むことを決心した明石一族の離別と将来への不安が語られる。それもそのはず、入道ひとりは今まで通りここに残って、明石の君、姫君、そして尼君の三人だけが大堰へ移るというのだから。

明石一家の別れは秋のある日の早朝のこと。涼しく吹く秋風やしきりに鳴く虫の音などが離別の悲しさをさらに際立たせる。「入道、例の後夜《ごや》よりも深う起きて、鼻すすりうちして行ひいましたり」(②四〇三)――午前四時ごろに行われるいつものおつとめの時刻よりも早く起きて、涙に鼻をすすりながら勤行《ごんぎょう》をしている入道の姿から、彼もいかにこの別れを悲しんでいるかが分かる。愛する家族と別れねばならぬ父の悲しみや苦しみの感情が描かれるが、彼は、自分が一生を終えたと聞いても、後の法要のことなど気にせず、絶対に心を動かすことがないように、繰り返し念を押す。

かくしてその大堰で源氏と明石の君は再会を果たした。源氏が帰京して以来、三年ぶりのことであった。さらに娘・明石の姫君とも初めて対面した源氏は、姫君の美しく愛らしいその姿に感嘆し、喜びを隠せないが、その一方で宿曜の予言を想起すると、姫君のこれからの身の処し方について源氏の悩みは深い。明石の姫君はいまちょうど三歳。将来の皇妃《きさき》候補としての扱いが必要になる時期である。姫君には生母の低い身分と田舎育ちという、「一際《ひときは》人わろき瑕《きず》」（②四〇〇）があり、それを補うべく、源氏は紫の上を姫君の母にして、姫君の格上げを図ろうとする。明石から大堰へ、またそこから紫の上のもとへと姫君の生活の場は次々と変わってゆくが、それはまた明石の姫君に関する予言を必ず実現させようとする源氏の強力な意思表明でもある。

大堰から戻ってきた源氏はさっそく姫君の引き取りを紫の上に相談する。すると紫の上は、「児《ちご》をわりなうらうたきものにしたまふ御心なれば、得て抱きかしづかばやと思《おぼ》す」（②四二四）――幼子をむしょうにかわいがる性格なので、ぜひ姫君を引き取って手ずから養育したいと思う。

冷泉帝の即位と明石の姫君の引き取りと。宿曜の予言に導かれて、光源氏の栄華への道がいまここに本格的にひらけたのであった。

（尹　勝玟）

＊クイズ❷〈どの巻の絵でしょう？　難易度は中。ダイジェスト4（85頁）にヒントがあります。〉⇓答え198頁

7 薄雲《うすぐも》・朝顔《あさがお》巻——藤壺退場

明石の君と姫君の別れ

故郷の明石の地を離れ、ひとまず都の郊外の大堰《おおい》の地に移ってきた明石の君と姫君母子であったが、姫君が成長するにつれて、父光源氏にはその行く末が案じられ、いつまでもこの子を大堰の地で育てさせるわけにはいかないと思い悩む。源氏は、やがて生まれる娘が中宮になるだろうとの宿曜《すくよう》の予言をうけており（ダイジェスト4）、その言葉に従って将来は姫君をいつの日か入内《じゅだい》させようと計画していた。そのために、姫君を都の我が邸、二条院に引き取り、高貴な妻の紫の上に任せ、最高の教育を施したいと考えていたのである。そのことを伝えられた明石の君は、愛《いと》しい娘と離れて暮らすことをすぐには受け入れられないが、身分低い妻から生まれたのでは世間からも父親からも軽く扱われてしまう、と母の尼君から説得され、ついに手放すことを決意した。次に挙げるのは、いよいよ姫君が都に引き取られる当日、母子の悲痛な別

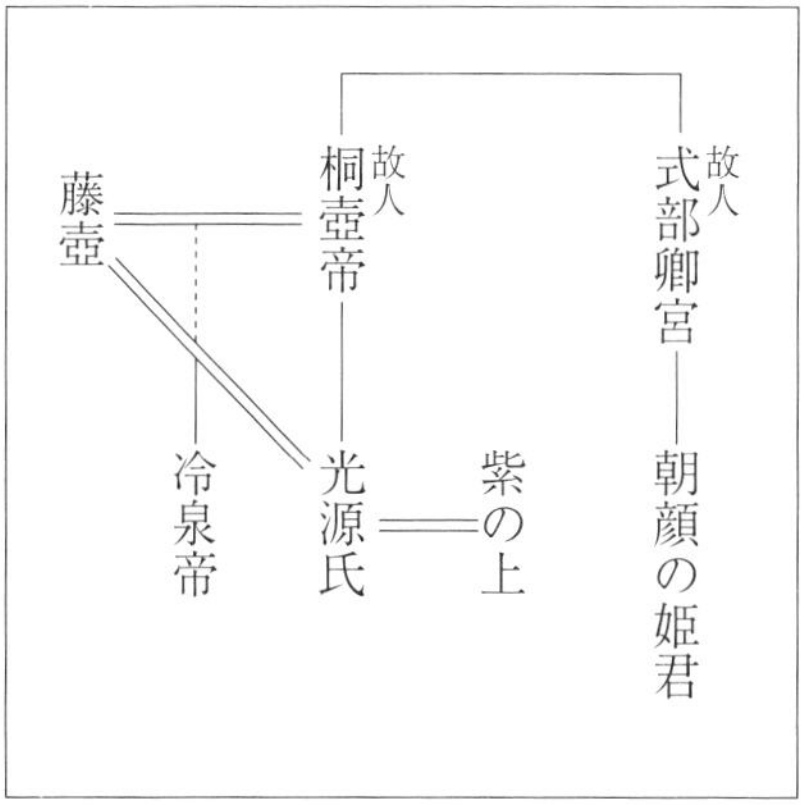

れを描く場面である。

姫君は、何心もなく、御車に乗らむことを急ぎたまふ。寄せたる所に、母君みづから抱きて出でたまへり。片言《かたこと》の、声はいとうつくしうて、袖《そで》をとらへて「乗りたまへ」と引くもいみじうおぼえて……（②四三二）

姫君は、無邪気に早く牛車に乗ろうとしなさる。車を建物に寄せている所に、乳母《めのと》ではなく母の明石の君自らが姫君を直《じか》に抱き上げて見送りにお出ましになった。姫君が片言のとてもかわいらしい声で、母君の着物の袖をつかまえて「早くお乗りになって」と引っ張るにつけても、明石の君にはたいそう悲しさがこみ上げてきて……

＊

姫君は、幼さ故《ゆえ》に母との別れを理解できず、都への迎えの牛車を見ても、母も一緒に乗っていくのだと信じきってはしゃぎ、母の着物の袖を引っ張る。そのあどけない様子が、読者の涙を誘い、この場面の悲しみをいっそう際立たせる所である。この姫君と次に会えるのはいつになるか分からない、これからの長い別離の時間を想像して明石の君はこらえきれず涙をこぼす。それを見てあわれに思う源氏は、将来の再会を約束して慰めながらも、最終的には心を鬼にして姫君だけを連れて都にむかうのであった。その後、車中で眠ってしまった姫君は、二条院に到着して、初めこそ母君がいないことに気づいて泣き出してしまうのであるが、もともと素直で人なつっこい性格だったから、子ども好きの紫の上にすぐに親しみ、養親子とは言えども良好な関係を築き始め、読者は一安心することになる。

ところで、この明石の姫君の二条院引き取りの理由については、姫君の母が中級貴族の元受領《ずりょう》（地方長官）の娘にすぎない明石の君であっては、いくら父が権力者の源氏であっても、中宮候補として入内することは不可能だったから、親王の娘で高貴な出自の紫の上を養母にする必要があった、と説明されることが多い。しかしながら、史実を参照してみると、実際には中流階級の女性から生まれた娘が入内し、中宮や皇后に立てられる例も存在する。例えば、村上《むらかみ》天皇の中宮で冷泉《れいぜい》・円融《えんゆう》両天皇の母にあたる藤原安子《あんし》は、母方の祖父が受領の藤原経邦《つねくに》、『源氏物語』と同時代の一条天皇の皇后・藤原定子《ていし》は、母方の祖父が中級貴族の高階成忠《たかしなのなりただ》であった。一方で、安子の父の藤原師輔《もろすけ》も定子の父の藤原道隆《みちたか》も、藤原摂関家出身の高位の貴族である。母方の身分が低くても、父が権勢家であれば、入内することはもちろん、中宮となることに支障がなかったことが分かるであろう。これらの例を見るならば、必ずしも姫君が紫の上に引き取られる必要はなかったように思われもする。権力者源氏の力を以てすれば、明石の君の手元に置いたまま、姫君を成長させ、入内させるという展開も可能だったということになる。

一方で、『源氏物語』より前に書かれた物語の中には、落ちぶれた境遇の姫君が上流貴族の貴公子に見初《みそ》められ、その北の方（正妻）となり、彼女が産んだ子どもたちが出世してめでたしめでたしと終わるパターンの話が多い。中でも『宇津保《うつほ》物語』では、父を亡くして心細い生活をおくっていた清原俊蔭女《きよはらのとしかげのむすめ》が、太政大臣家の御曹司、藤原兼雅《かねまさ》と出会い、一夜の契りによって妊娠、後に出産した男子の仲忠《なかただ》ともども兼雅の邸に引き取られ、兼雅の他の多くの妻を差し置いて俊蔭女《としかげのむすめ》が北の方に納まり、仲忠も嫡男《ちゃくなん》として遇されるようになったと語られる。『源氏物語』は、主人公光源氏のただ一人の姫君を産んだ明石の君には、なぜこのような幸福な人生を許さなかったのであろうか。たとえ北の方となるまでは難しくても、姫君の母という立場まで明石の君から奪わなくても良かったのではないかと思われるのである。

そして物語がそのような設定にしなかった一番の理由は、明石の君という存在が紫の上の地位を脅かさないようにするためではなかったかと考えられる。紫の上は、光源氏の初恋の女性である藤壺と瓜二つの理想的な女性であった。幼い頃に源氏に引き取られ、その手によって慈《いつく》しまれて育てられ、やがて長じると妻となり源氏の愛情をほぼ独占してきた。他の女性に比して源氏の傍らで最も長い時をともに過ごし、彼を支えてきたかけがえのない人であることは、読者も認めるところである。しかし、紫の上には子がなかった。もしも明石の君が自ら姫君を育て上げ見事入内《じゅだい》させたならば、皇妃《きさき》の母として明石の君の世間での評価も高まり、その地位は、紫の上以上のものになりかねない。『源氏物語』は、紫の上に源氏の筆頭の妻の座を保証するために、実母の明石の君から継母の紫の上への姫君の引き渡しを図るのである。

考えてみれば、紫の上という人物も、出自こそ明石の君より格段に優れており、親王家の姫君であったが、母を早くに亡くし、父にはあまり顧みられず、もう少しで継母《ままはは》に引き取られていじめられかねなかったところを、光源氏に救出されたのであった。その点では、明石という田舎に住む身分低い明石の君が上流貴族の貴公子、光源氏に見出され、都に連れ出されたのと同様である。明石の君の物語も紫の上の物語も、女君が不遇な状況から解放されるという、『宇津保《うつほ》物語』の俊蔭《としかげの》女《むすめ》の物語とよく似たあらすじの物語であったと言えよう。しかし、重要なのは『源氏物語』が単純に先行の物語のパターンをなぞっているわけではないということである。『源氏物語』は決して一人の女君が男主人公の愛情を獲得すると同時に子どもも出産する、という風には語らない。源氏の最愛の妻、ヒロイン紫の上には実子を持たせず、代わりに明石の君に源氏の娘を産ませ、それを紫の上の養女としたところに、従来とは異なる工夫がある。そうすることで『源氏物語』は、実子を持たない紫の上の苦悩と、実子を他の妻に差し出さねばならぬ明石の君の悲嘆を描出することに成功し、二人の女君がより人間的に深みを持って造型されることになるのである。

【薄雲・朝顔】

藤壺の崩御と退場

明石の姫君の処遇が決定した後、物語は新たな展開へと向けて動き出す。光源氏の幼い頃からの想い人、藤壺が、厄年《やくどし》（三十七歳）の年に病を発症し、重態に陥ったのである。藤壺は、自らの死が近いことを予感し、自己の一生を「高き宿世《すくせ》、世の栄えも並ぶ人なく、心の中に飽かず思ふことも人にまさりける身」（②四四五）――桐壺帝の中宮、冷泉帝の母后として人より優れて栄光に彩《いろど》られたものであった一方で、嘆きも人一倍であったとふりかえる。この「心の中に飽かず思ふこと」というのは、源氏と密通したことによるあれこれの嘆きを指すのであろうが、その中には、源氏に惹《ひ》かれつつも源氏への想いを自制しなければいけなかった無念も含まれると考えてよいだろう。藤壺は、自分の命を惜しいとは思わないものの、ただ一つ、我が子冷泉帝が実の父が源氏であるのを知らないことだけがいたわしく、それだけを気がかりに思っていた。

夕日のなか　源氏は藤壺を思う

物語は藤壺への最後の手向《たむ》けとして、その死の瞬間に源氏を立ち会わせる。といっても、表向きは恋人でも夫婦でもない二人であるから、源氏が藤壺の枕元で看取るというのは望むべくもない。見舞いに訪れた源氏は、几《き》帳《ちょう》ごしに病床に臥《ふ》す藤壺と対面し、取次役の女房を介して藤壺と言葉を交わすのである。それでもほのかに内からもれてくる女房に伝える藤壺の弱々しい声を、源氏は必死で耳を澄まして何とか聞き取ろうとする。

「院の御遺言《ゆいごん》にかなひて、内裏《うち》の御後見《うしろみ》仕うまつりたまふこと、年ごろ思ひ知りはべること多かれど、何につけてかはその心寄せことなるさまをも漏《も》らしきこえむとのみ、のどかに思ひはべりけるを、いまなむあはれに口惜《くちを》しく」とほのかにのたまはするもほのぼの聞こゆるに……　（②四四六）

一　「亡き院（桐壺院）の御遺言通り、帝（冷泉帝）の御後見をしてくださいましたこと、長年身にしみてありがたく存じておりました。何かの折にその感謝の気持ちをゆっくりお伝えしたく思っておりましたが、今となってはもうそのような機会がなさそうなのも残念で」と藤壺の弱々しげにおっしゃる声が源氏にかすかに聞こえてきて……

＊

「口惜しく」と言葉が途切れているのは、苦しさのせいか、最後まで言葉を発することができないのである。人前であるからぼかした言い方にならざるを得ないが、そこには、想いを寄せてくれた源氏に実は自分も応えていたのだ、と、愛情を告白するメッセージが隠されているように思われる。対する源氏は、それに返事をすることもできず、今生《こんじょう》で藤壺と会うのもこれが限りと思うと、我慢できずに泣き出してしまう。想い合う二人が、最後の別れにあたって、人目を憚《はばか》りつつも密かに心を通わせるという大変切ない場面である。藤壺はこの後、源氏の前で「灯火《ともしび》などの消え入るやうに」(②四四七) 苦しむこともなくひっそりと息を引き取ったのであった。

【薄雲・朝顔】

冷泉帝がついに秘密を知る

藤壺の死と前後して、世間では「天《あま》つ空にも、例に違《たが》へる月日星の光見え、雲のたたずまひありとのみ世の人おどろくこと多くて」(②四四三) と天変がうちつづき、太政大臣《だいじょうだいじん》(光源氏の舅《しゅうと》。もとの左大臣) や式部卿宮《しきぶきょうのみや》(朝顔の姫君の父) が次々と亡くなるなど、不吉な騒ぎが起こっていた。その頃、かつて藤壺の祈祷《きとう》僧であった僧侶が、冷泉帝に召されて夜居《よい》の僧 (帝の寝所の側で夜通し祈りを捧げる僧) をつとめることとなった。この僧は、夜、人少なになった時を見計らって冷泉帝に、帝の実父が源氏であるという秘密を明かす。僧は、藤壺に仕《つか》える内に、不義の子を儲《もう》けた藤壺と源氏の密かな関係を知ってしまい、これまで心に秘めてきたが、「天変頻《しき》りにさとし、世の中静かならぬはこのけなり」（②四五二）――近頃の異常な事態は、冷泉帝が何も知らず源氏を臣下として扱っていることを天がとがめることによるものなのだと考え、出生の真実を伝えたのであった。

衝撃を受けた冷泉帝は、このまま皇位に留まるべきではないと考え、過去には天皇の皇子で臣籍《しんせき》に下った者が後に皇族に復帰し即位した例もあるのだからと、優れた人柄であることを表向きの理由に源氏に天皇の位を譲ってしまおうと考えつく。しかしその意向を知った源氏は、冷泉帝が急にこのように言い出したことについて、もしや自分が実父であることを知られたのでは、といぶかしみつつ、「いとまばゆく恐ろしう思して、さらにあるまじきよしを申し返したまふ」（②四五六）――顔も上げられない程恐ろしく思い、とんでもないことだと、固辞するのであった。そのために光源氏の即位は実現しなかったのであるが、この出来事をきっかけにして冷泉帝は源氏を本当の父と知り、二人はこれまで以上の絆で結ばれることとなる。隠れた帝の父としての立場は光源氏の朝廷での力をいっそう強め、その栄華の確立に寄与していくのである。

さて、このような物語の展開は、中国の歴史書『史記《しき》』に見られる始皇帝の話から影響を受けているようである。始皇帝は秦《しん》の荘襄王《そうじょうおう》の子とされるが、実はその妃《きさき》であった趙姫《ちょうき》が呂不韋《りょふい》という商人との間に儲《もう》けた子であった。趙姫は元々は呂不韋の愛人だったが、荘襄王に見初められ、呂不韋の子を妊娠していたことを隠して寵愛を受けることになったのだった。こうして生まれた始皇帝は、荘襄王の跡を継ぎ、王族の血筋でないにもかかわらず秦の王として即位するが、やがて度重なる戦乱が起き、秦の国は最終的には、始皇帝の死後、滅亡の憂き目にあう。実は、それより前に、始皇帝の治世下では、天からの警告として、彗星《すいせい》が出現するという天変が何度も起こっていたのだという。出生の秘密を持つ君主の即位、天変の出現など、確かに『源氏物語』と重なるところがある。

天変を君主の治世に対する警告と見るのは、「天人相関説《てんじんそうかんせつ》」という儒教の思想に基づくものである。この考え方では、君主が善政を行えば天は君主を祝福するが、逆に悪政を行えばそれをとがめて天変地異を起こすとされる。日本では、天変地異を、奈良時代には、天人相関説に従い天皇の悪政が引き起こしたものと解したが、八世紀末以降は、特定の神や霊が自らに対する不敬行為に対して怒り祟《たた》ったものと見なすように変化したとも言われる。とすると、『源氏物語』が成立した平安時代の日本では、中国とは異なり天変を君主へのとがめとは考えなくなっていたことになるが、にもかかわらず夜居の僧が天変を冷泉帝に対する天の「さとし」と語ったのは、やはりこの辺りの物語が中国の話、始皇帝の故事を下敷きに書かれているからであろう。

ただし、始皇帝の場合と異なり、『源氏物語』の天変が冷泉帝の世の乱れをとがめ立てするものではないことには注意したい。冷泉帝は源氏に補佐されて理想的な政治を行っており、これまでにない華やかな新行事も多く創出し、その治世は「いみじき盛りの御世」（②二九二）と称賛されていたのである。天が警告したのは、不義の子冷泉帝が皇位についていることについてでも、その施政態度についてでもない。実父源氏を知らぬまま臣下として扱い、不孝の罪を犯していることについてであった。その証拠に、冷泉帝が出生の秘密を知った後は、とたんに天変の記述は物語から見えなくなり、それらすべてはおさまったらしいことが推測されるのである。つまり、この物語の天変は、悪政に対する警告という本来の意味合いからずらされ、冷泉帝に実父が源氏であると気づかせる——そのことが源氏との関係を強化させることにつながる——ための工夫として巧みに機能しているのであった。

紫の上の据え直し

先に、藤壺の死と同時期に都の要人も相次いで亡くなっていたことを述べたが、その内の一人、式部卿宮《しきぶきょうのみや》という人物は、源氏が昔から好意を寄せていた朝顔の姫君の父にあたる。この姫君の名の由来は、源氏がかつて朝顔の花を彼女に贈ったことによる。朝顔は八年前に賀茂斎院《かものさいいん》（賀茂神社の神に奉仕する未婚の皇族女性）に選ばれた。それにより、源氏も想いを封印せざるを得なかったのであるが、父の死を契機に彼女が斎院を退いたため、未練を持つ源氏は好機とばかりに再び言い寄り始め、足繁くその邸を訪問するようになる。

この二人の関係はやがて世間で噂となり、紫の上の耳にも入った。紫の上は、まさかそのようなことはあるまい、と最初は信じていなかったのだが、外出も多く、隠し事をしているような源氏の態度を見て、疑念を深め、次のように思い始めるのである。

自分と朝顔は「同じ筋」、同じ親王の姫君という身分ではあるけれども、父宮から大切に扱われなかった自分と違ってあちらは式部卿宮にかしずかれて育てられた姫君。斎院という高貴な地位にもついており、昔から世間での評判も格別であった。長年自分は並ぶ人もいないほど源氏の妻として大事にされてきたけれども、源氏の心が朝顔に移ってしまったならば、自分は「押し消たれむ」――おし負かされてしまうであろう……。

紫の上は、自分より格上の朝顔が源氏と結婚するならば、自分は第一の妻の座から押しのけられ世間の笑い物になるのではないかと悲嘆にくれる。しかし、その思いを表立って源氏にぶつけることもなく、どうでもいいことならば恨み言を言ったりもするが、「まめやかにつらしと思《おぼ》せば、色にも出だしたまはず」（②四七九）、今回の件は心底つらいと思っているので、顔色にも出さず密《ひそ》かに苦悩するのであった。

とはいえ、朝顔の姫君の方は、内心では光源氏に惹《ひ》かれないこともなかったが、若い頃でさえなびかなかったのに、年齢を重ねた今となって、恋愛事で浮き名を流すつもりはない、と源氏の求愛に応える気はなかった。この章のはじめに明石の君はさまざまの点で紫の上の地位を脅《おびや》かさないように設定されている、と述べたけれども、ここでも紫の上が第一の妻の座から転落せぬよう、物語は周到に、朝顔の姫君が源氏と結ばれぬよう予防線を張っていたのであった。

杞憂《きゆう》であったにもかかわらず、紫の上のかつてない苦しみが語られるのはなぜなのか。実は、ここでの目的は、紫の上の地位を揺さぶることにあったのである。これまで藤壺と似ることで源氏の愛情を獲得してきた紫の上だが、藤壺の死後、新たな状況において、その存在感を高め、源氏の伴侶としてあらためて物語に据え直される必要があった。愛情でしか源氏と結びついていない頼りない我が身を自覚して深刻に悩む紫の上の姿――読者は試練を与えられた紫の上に同情し、ぐっと惹きつけられたことであろう――を物語はクローズアップし、その内面の成長を描く。そうして、彼

【薄雲・朝顔】

女こそが真の物語のヒロインであることを印象づけるのである。
ある冬の日、さすがにつらさをこらえかねている様子の紫の上を源氏は見かねて、一日中彼女を慰めて過ごしていた。その日は庭に雪が降り積もっており、夜になると月の光が降り注ぎ、この世のものとも思えぬような幻想的な風景を作り上げた。源氏は御簾《みす》を巻き上げて、眼前の景色を紫の上とともにながめる。

月は隈《くま》なくさし出でて、ひとつ色に見え渡されたるに、しをれたる前栽《せんざい》のかげ心苦しう、遣水《やりみづ》もいといたうむせびて、池の氷もえもいはずすごきに、童《わらは》べおろして雪まろばしせさせたまふ。（②四九〇）

月が全てを照らし出し、辺り一面が白一色に見渡される中、しおれた植え込みの茂みはいたましく、凍った遣水《やりみず》（邸内を流れる水の流れ）は滞ってむせび泣くような音をたて、池の水も凍りついて何とも言えず寂しげな風情をたたえている。その庭に女童《めのわらわ》をおろして源氏は雪の玉をつくらせなさる。

＊

美しいけれどもどこか荒涼とした雰囲気の光景は、実は、藤壺を失った源氏の孤独や悲しみを象徴するものとして描かれてもいる。源氏は女童《めのわらわ》（女の子の侍女）を庭に下ろして雪まろばし（雪を転がして大きな雪玉を作る遊び）をさせるのだが、かつて藤壺が御前《ごぜん》で雪遊びをさせたことを思い出して感傷にふけり、そのついでに、紫の上に生前の藤壺の人となりについて語るのであった。

「いとけ遠くもてなしたまひて、くはしき御ありさまを見ならしたてまつりしことはなかりしかど」(②四九一)、藤壺の宮は私をお近づけになることはなかったので、常々詳しいご様子を拝見することはありませんでしたが……と、源氏はまず用心深く藤壺との関係を言いつくろってから、藤壺の素晴らしさについて話し出す。

藤壺の宮は、才気を表立って示されるようなところはないが、ちょっとしたことにも趣味の良さをお見せになった、あれほど優れた方はいない。「やはらかにおびれたるものから、深うよしづきたるところの並びなくものしたまひしを」(②四九二)——優しくおっとりとしたところがあり、しかし同時に深いたしなみも備えているところが、他に比べようもないほどの人でいらっしゃったのだ。

雪の夜　光源氏と紫の上夫婦

このように言いつつ、源氏の中で、今は永遠に手の届かないところへ去ってしまった恋しい女性、藤壺への想いがふくらんでいく。と同時に、源氏は藤壺と同等の美質を持つ類まれな女性として紫の上を再発見したのではなかったか。その証拠に、藤壺について述べた後、源氏は傍らの紫の上に目を向け、「君こそは、さいへど紫のゆゑこよなからずものしたまふめれど、すこしわづらはしき気添ひて、かどかどしさのすすみたまへるや苦しからむ」（②四九二）——あなたこそ藤壺の宮のゆかりの方でそれほど宮と違ってはいらっしゃらないようだけれども、少し厄介なところがあって、気がまわりすぎるところがある（暗に紫の上の嫉妬深さを指す）のは困ったものですね、とつづける。冗談めかしてはいるけれども、この言葉は、藤壺亡き今、この世に源氏の理想の女性はやはり紫の上しかいないと源氏が気づいたことを示しているように思われるのである。さらに、

髪《かむ》ざし、面様《おもやう》の、恋ひきこゆる人の面影にふとおぼえてめでたければ、いささか分くる御心もとりかさねつべし。（②四九四）

紫の上の髪の様子や顔立ちが、ふと「恋ひきこゆる人」藤壺かと思われるくらい似ていて美しいので、いささかなりとも他の女性に向けられていた源氏の気持ちも、あらためて紫の上のもとに注がれることになろう、と語り手は述べる。実際、この後に朝顔の姫君と源氏の仲が進展することはなく、源氏と紫の上は元通りの睦まじい関係に戻ることになるのであった。

さて、その日、源氏が寝所で眠りにつくと、夢枕に藤壺の霊が現れる。ひどく恨めしそうな様子の藤壺は、次のように言う。

漏《も》らさじとのたまひしかど、うき名の隠れなかりければ、恥づかしう。苦しき目を見るにつけても、つらくなむ……（②四九五）

【薄雲・朝顔】

「私との秘密を漏らさないとおっしゃったのに、浮き名が立ってしまったのが恥ずかしくて。死後の世で苦しい目にあっているにつけてもお恨みに存じます」と告げるのである。これによれば、藤壺は、成仏できずに冥界をさまよっており、今回源氏が藤壺との密通のことを紫の上に漏らしてしまったので、そのことを恨んで源氏のもとに出現したということになる。ただし、多少踏み込んだ所はあったとしても、源氏は藤壺の人柄を語っただけであり、決して秘密を漏らしたりはしていない。ゆえに、藤壺の反応は大げさであり、実質は源氏が紫の上に心を許して自分の噂話をしたことに嫉妬したのだとも言われるところである。

藤壺本人の意図はともかくとして、物語が藤壺を再登場させたのは、最終的に源氏と藤壺を訣別させ、藤壺を完全に物語から退場させるためであろう。目が覚めた源氏は、藤壺の供養のために寺で読経《ど きょう》などをさせる一方で、短い夢の中でしか藤壺と会えなかったことを嘆き、「何わざをして、知る人なき世界におはすらむを、とぶらひきこえに参《ま う》でて、罪にもかはりきこえばや」（②四九六）――できることならば冥界にいる藤壺をお慰めに参り、罪を身代わりになってお受けしたいのにと、詮無いことを思う。ここで源氏は、藤壺と今や住む世界は異なり、どうあってもともに生きていくことができないことを思い知った。これからの彼の長い人生を一緒に歩んでいく女性は藤壺ではない、紫の上であることを、物語は明確に示したのであった。

（栗本　賀世子）

*クイズ❸〈どの巻の絵でしょう？　尼姿の女性が大きなヒント〉⇓答え198頁

8 少女《おとめ》巻——物語の転換点

紫の紙の立文《たてぶみ》・朝顔の姫君との恋の終わり

これまで、桐壺帝と光源氏の二代を中心に展開してきた物語であったが、少女巻に入ると、若き世代が新しい主役として頭角をあらわしはじめる。少女巻は、光源氏三十三歳の春からはじまるが、そこでは朝顔の姫君との関係に完全な終止符がうたれる。

四月、夏の始まりをつげるこの季節に、今年も葵祭の御禊《ごけい》の日がやってきた。御禊は「みそぎ」とも言い、祭りの数日前に、斎院が賀茂の河原に出て身を清める儀式であり、朝顔の姫君は昨年までその主役たる斎院《さいいん》をつとめていた。が、昨夏に父・式《しき》部《ぶ》卿宮《きょうのみや》が亡くなったため、斎院から下りて一年の喪に服していたが、また夏がめぐって来て、賀茂の河原で喪服を脱ぐためのみそぎをすることになった。光源氏はお見舞いの手紙を届ける。

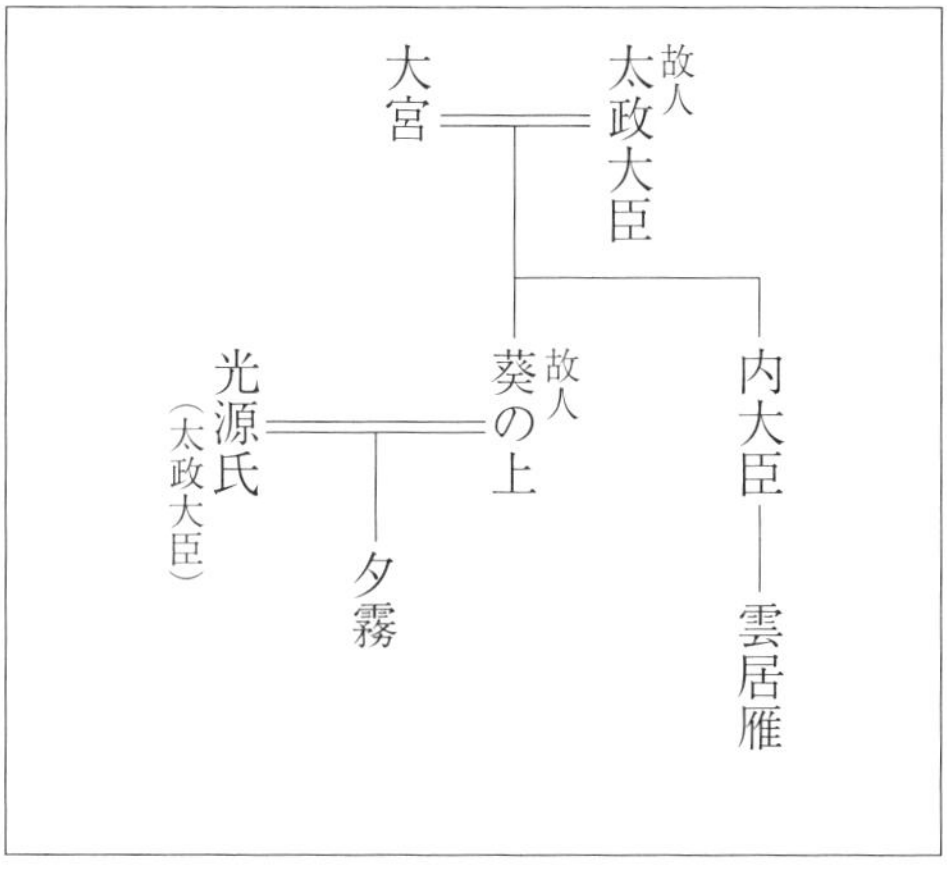

（源氏）「今日は、
かけきやは川瀬の波もたちかへり君がみそぎのふぢのやつれを」

紫の紙、立文《たてぶみ》すくよかにて藤の花につけたまへり。をりのあはれなれば、御返りあり。

（朝顔）「ふぢごろも着しはきのふと思ふまにけふはみそぎの瀬にかはる世を

はかなく」とばかりあるを、（源氏は）例の御目とどめたまひて見おはす。（③一七）

源氏は「今日のような日が来るとは、思いもしませんでした。賀茂の川波が立ち返るように、御禊《ごけい》の日がめぐってきたのに、（あなたが）斎院の御みそぎではなくて、（父のための）藤の衣（喪服）を脱いでみそぎをすることになるとは。」

と、歌を詠みおくった。

手紙は紫色の紙にしたためられ、きちんとした立文のかたちにして、藤の花とともに届けられる。折も折とて、姫君はしみじみと感慨ぶかく、今日は歌を返答なさる。

「父の服喪のために藤衣をつけたのは、つい昨日のことと思っておりましたのに、もうそれを脱ぐ祓えをするために川瀬にたつとは、移り変わりのはげしい世の中ですこと。はかなく思われてなりません」とだけあるのを、源氏はいつものようにじっとご覧になる。

＊

これが物語のなかで、光源氏と朝顔の姫君がかわした最後の贈答となるが、光源氏は一途《いちず》な思いを訴えるのでもなく、相手のつれなさをなじるのでもない。あくまで喪が明けたことについての慰《い》問《もん》と、時のうつろいやすさへの感慨をこめた内容である。また、歌の中身もさることながら、源氏の執拗な懸想《けそう》に困惑していた朝顔の姫君が、すぐに返歌《へんか》を寄こしてくれたのには、この手紙が、紫色の紙を使った立文《たてぶみ》であったことも大きい。

現代の私たちが手紙を書くとき、四季折々の風情《ふぜい》をそえようと、さまざまな紙色や絵柄の便箋を選んだりするが、この習慣は平安時代からあった。『源氏物語』では、みやびな趣向をこらした「文《ふみ》」や「消息《しょうそこ》」のやりとりが数多くみられる。ただし、紫の紙は格調が高く、もっぱら恋文らしくない手紙に使われるものらしい。また、立文も懐紙《かいし》などを縦長に折った、事務的な書状のかたちである。「すくよか」とは折り目正しい、まじめくさいの意。つまり、懸想文めかした仕立てではなく、いかにもかしこまった文書のかたちにしたのが、光源氏の手紙である。さもないと、女からは返事がもらえなかったかもしれない。かつての恋の王者の面影は、いまやどこにいったのか。これまでしばしばすげなく拒否されてきた源氏は、やっと手にした姫君の筆跡にしげしげと見入る。両者の恋仲に、これ以上の進展がけっして望めないことを、紫の紙の立文は、なによりもあかしだててくれるのである。

【少女】

美の殿堂・六条院《ろくじょういん》落成

朝顔の姫君が退場してからも、光源氏の恋の旅路はつづく。しかし、そのゆくえを追いかけていくと、読者はしだいにある変化に気づかされる。それは、この少女巻あたりを境に、それ以後、光

六条院　趣向を凝らした四季折々の草木

源氏の新しい恋はついにいちども実ることがなかったということである。そして、光源氏の恋愛の話題にかわって大きくとりあげられるようになったのは、彼の栄華の完成と子どもたちの成長とであった。

まず、少女巻の前半では、後見してきた斎《さい》宮《ぐう》の女御《にょうご》が立后して、冷泉帝最愛の中宮となるにともない、光源氏は内大臣から太政大《だじょうだい》臣《じん》に昇任する。太政大臣とは、臣下の中でもっとも高い位であり、源氏はいわば、押しも押されもしない政界の第一人者の座についたのである。いっぽう、巻の後半に入ると、四季の町からなる六条院《ろくじょういん》という豪壮な邸宅が完成し、源氏はだいじな女君たちをそれぞれの町に住まわせることとなる。

しかもこの六条院は、平安貴族の通常の邸宅の四倍の広さ。東南の方角にある春の町に、源氏と紫の上が住まう。東北の夏の風情がただよう町に、花散里と夕霧が暮らす。秋の情趣に富む西南の町は、もともと六条御息所《ろくじょうのみやすんどころ》の邸だったところで、娘である斎宮の女御の里邸にあてられた。そして、西北の町は冬を楽しむ造りで、明石の君が移り住むこととなった。規模といい、豪華さといい、太政大臣光源氏の権勢を象徴するような大邸宅である。このように、物語はあたかも満月のごとき光源氏の栄華をつぎからつぎへと華々しく演出していく。が、それとうらはらにかげりを見せはじめた源氏の恋の諸相もまた、この巻ではきわやかに描きとられてゆく。言いかえれば、少女巻からはじまるのは、光源氏の恋の秋、たそがれ時の物語なのである。

【少女】

浅葱《あさぎ》のナゾ・夕霧の恋

さて、朝顔の姫君との恋があっけなく終焉すると、物語は新たな展開を語りはじめる。いよいよ、光源氏の子の世代の登場である。はなやかな大人の恋愛模様とうってかわって、せつない初恋の主人公が主役となる。しかも、その初恋の物語は受験譚と恋愛話をないまぜにした展開をたどる。

明治時代の小説に、恋に悩む学生の姿がしばしば登場する。たとえば、夏目漱石の作品をみると、『三四郎』の主人公に、『こころ』の先生とK、いずれもそうであった。また、恋愛の舞台も、日本にとどまらない。森鷗外の『舞姫』は、豊太郎《とよたろう》という青年がドイツ留学中に、可憐な踊り子エリスと恋に落ちた話を描いている。ほかにもいろいろ例をあげることができるが、恋愛と学問の対立はいわば、日本文学における大きなテーマのひとつとなっている。そして、それを最初にとりあげたのが、やはり『源氏物語』なのである。

その恋物語の主人公は、光源氏と葵《あおい》の上《うえ》のあいだに生まれた夕霧《ゆうぎり》である。夕霧は産声をあげてすぐに、母葵の上と死別。以来、ずっと祖母大宮《おおみや》のもとに預けられてきた。一方、その相手の雲居雁《くもいのかり》は、葵の上のきょうだいにあたる内大臣（かつての頭中将《とうのちゅうじょう》）の娘。内大臣とわかれた母親が別の男と再婚したため、雲居雁は大宮のもとに引き取られていた。つまり、いとこ同士のふたりが同じ屋根の下で育つうちに、しだいに想いをよせあうようになったのである。ところが、かつて源氏と親友だった内大臣は、いまや源氏と政治的なライバルどうしの関係である。そのため、相思相愛の夕霧と雲居雁は、まるでロミオとジュリエットのように、あえなく両家の権力争いに巻き込まれてしまった。ここからはくわしく見ていこう。

夕霧の物語は、十二歳の元服からはじまるが、その成人後の処遇をめぐって、いきなり大波乱が起きる。

（源氏は夕霧を）四位《しゐ》になしてんと思し、世人《よひと》もさぞあらんと思へるを、（夕霧は）まだいときびはなるほどを、わが心にまかせたる世にて、しかゆくりなからんもなかなか目馴《めな》れたることなりと思しとどめつ。（夕霧が）浅葱《あさぎ》にて殿上《てんじやう》に還りたまふを、大宮は飽かずあさましきことと思したるぞ、ことわりにいとほしかりける。（③二〇）

光源氏は当初「夕霧を四位にしよう」と考え、世間の人々もたぶんそうなるだろうと思っていた。ところが、「まだ幼い夕霧を、自分の思いのままに、いきなり高い位につかせたりするのは、かえってありふれたことではないか」と、源氏は思いとどまったのである。夕霧が六位の浅葱色の袍《ほう》を着て殿上に還るのを、祖母の大宮が不満で心外なことと思っているのも無理はなく、お気の毒であった。

＊

【少女】

ここではまず、「浅葱《あさぎ》」ということばに注目したい。「浅葱にて」とは、浅葱色の袍《ほう》（「うえのきぬ」とも）――薄い藍《あい》色（「浅緑」と言われることもある）の袍を着ているという意味。「袍」は「位袍《いほう》」とも言い、男性貴族が朝廷に出仕するときに着用する上着である。平安時代は、位階によって、袍の色がきまっており、三位以上は「紫」、四位と五位は「緋《ひ》」、そして六位は「浅葱」であった。夕霧が殿上にもどるときに身につけたのは、浅葱色の袍だから、六位だとすぐにわかるわけである。

一方、当時の貴族社会では、蔭位《おんい》の制度というものがあり、権門の子弟が元服すると、父祖の位階に応じて一定の叙位《じょい》を受けることになっていた。この慣例にしたがえば、夕霧は、緋色の袍を着ることができ、じっさい源氏もはじめはそうしてやるつもりだった。だが、けっきょく、世間の期待を大きく裏切って、夕霧はよりによって六位を授かったのである。六位とは実質上、貴族社会の最下位。五位と一見ワンランクしか違わないようだが、律令制におけるその格差は、きわめて大きい。「貴族」と呼ばれるのは、五位からである。夕霧に六位が与えられたのは、太政大臣の息子としては考えられない待遇であった。

鍾愛《しょうあい》の孫のかわいそうな姿に、祖母の大宮はいたたまれなくなり、不満をあらわにしている。もっとも、澪標《みおつくし》巻で明らかにされた、源氏がかつて受けた宿曜《すくよう》（占星術）によれば、夕霧は将来、太政大臣になる人物と予言されていた（絵合・松風の章）。しかし、六位からスタートした者がついに太政大臣につくなどといったことは非現実的な話に他ならないことを、当時の読者ならだれしも知っている。ではなぜ、源氏はこんな不可解な行動をとったのか。これから夕霧の運命はどうなるか。「浅葱」のナゾは深まるばかりである。

「饒舌」になった光源氏の説得力

さて、孫の待遇にはなはだ心を痛めた大宮をなだめようと、光源氏は今回の措置の真意を打ち明けることにした。物語の流れを追ってみると、源氏が一気にこんな長ゼリフを口にするのは、この場面がはじめて。物語は長大な会話文をとりこみ、異例な事態の説明をはかろうとするのである。名高い教育論と言われてきた源氏のこの言葉は、はたしてどんな説得力をもっているのだろうか。

ただいま、かうあながちにしも、（夕霧は）まだきにおひつかすまじうはべれど、（私には）思ふやうはべりて、（夕霧を）大学《だいがく》の道にしばし習はさむの本意《ほい》はべるにより、いま二三年《ふたとせみとせ》をいたづらの年に思ひなして、（夕霧は）おのづから朝廷《おほやけ》にも仕うまつりぬべきほどにならば、いま人となりはべりなむ。（③二一）

今からこんなふうに無理をしてまで、幼い夕霧を大人扱いしなくてもよいのですが、私には考えるところがあって、彼をしばらく大学寮に入れて学問をさせたいと思うものですから、もう二、三年は回り道をさせて、いずれ朝廷の役に立つようになれば、おのずと夕霧も一人前にもなりましょう。

＊

開口一番、源氏は夕霧の進路について種明かしした。まだ幼いのだが、「大学」に学ばせたいから、元服させたのだという。「大学」とは大学寮のことで、貴族の子弟を律令官吏として養成する学校である。そして、官職につくには、まず大学寮の試験「寮試《りょうし》」を受け、さらに式部省の試験「省《しょう》試《し》」に合格しなければならない。夕霧の前途は多難である。

才《ざえ》と大和魂《やまとだましひ》

なぜそんなに過酷な道を父は子に強いるのか。夕霧を大学に入学させたことについての源氏の説明はさらにつづく。

夕霧　研鑽と努力の日々

高き家の子として、官爵《つかさかうぶり》心にかなひ、世の中さかりにおごりならひぬれば、学問《がくもん》などに身を苦しめむことは、いと遠くなむおぼゆべかめる。戯《たはぶ》れ遊びを好みて、心のままなる官爵《くわんさく》にのぼりぬれば、時に従ふ世人《よひと》の、下《した》には鼻まじろきをしつつ、追従《ついしょう》し、気色《けしき》とりつつ従ふほどは、おのづから人とおぼえてやむごとなきやうなれど、時移り、さるべき人に立ちおくれて、世おとろふる末には、人に軽《かる》め侮《あなづ》らるるに、かか

りどころなきことになむはべる。なほ、才《ざえ》をもととしてこそ、大和魂《やまとだましひ》の世に用ゐらるる方《かた》も強うはべらめ。（③二二）

名門の家に生まれた者が、官職を思うがままに手に入れ、栄華をきわめていい気にうぬぼれていると、学問などで苦労することは、たいへん遠い世界の話だと思われてくるでしょう。ですが遊びごとを好み、思いどおりの高位高官にのぼると、権勢におもねる世間の人が、内心ではばかにしながらも、うわべはへつらって追従し、ご機嫌をうかがいながらついてくる間は、なんとなくひとかどの人物らしく思えて、偉そうにもみえますけれども、やがて時勢が移りかわり、しかるべき後見の人にも先立たれて、運勢も落ちてくると、人から軽蔑されて頼りどころもなくなってしまう有様です。やはり、学問をもとにしてこそ、大和魂（実務の才）の世間に重んじられるということも確実になるというものでしょう。

*

右の源氏の言葉を読者の皆さんはどのように受けとめたであろうか。内心では人をばかにしながら、うわべだけとりつくろってへつらう人が世間には実に多いという源氏の考えには、おもわず、現代の例にあてはめたくなるような痛烈な社会批判が含まれる。須磨の失脚をへて、手のひらを返したような世間の態度をつぶさにみてきた源氏ならではの発言であり、その根底にあるのは「漢《から》才《ざえ》」（中国流の本格的な学問）重視の教育方針である。それと同時に重視される「大和魂」とは、『源氏物語』少女巻においてはじめてみられる言葉。豊富な漢学の知識をそなえ、すぐれた漢詩文をつくる「才《ざえ》」を、実情にあわせて応用し、実務に柔軟に対応する能力を意味する言葉である。このように、本格の学問と実務能力を兼ね備えることが大切だと考えたからこそ、源氏は幼い夕霧を六位にとどめたのである。

学歴社会に生きる現代の読者のなかには、光源氏のこの教育パパぶりに拍手を送りたくなる人も多いだろう。だがじっさい、『源氏物語』の書かれた一条朝には、大学寮に上級貴族からの入学者がほとんどいなかったのである。しかも、摂関家《せっかんけ》の子弟ともなれば、まさに「心のままなる官爵《くわんさく》にのぼり」、十代で四位、公卿《くぎょう》に昇進してしまう。

つまり、夕霧の学問の物語は、このような大学寮が軽んじられ、文人貴族にとって、公卿への栄達の道が完全に閉ざされた時代に描かれたものである。あえて現実に背をむけて、虚構の世界において、学問の理想を語らずにいられない物語作者の精神――しかもそれがひとりの女性作者であること――を思いあわせると、この作品の奥行きの深さにあらためて驚嘆せずにはいられないだろう。

少女巻では、このあと、夕霧の受験勉強のさまがことこまかに描かれている。ひたすら勉学にはげみ、わずか四、五ヶ月で寮試の難関をのりこえた彼は、翌年の春に朱雀院、冷泉帝と源氏をはじめとする貴顕たちを前に、堂々と省試《しょうし》に及第した。秋に叙爵《じょしゃく》を受け、六位から従五位下に昇進し、光源氏の期待にみごとにこたえたのである。

【少女】

幼な恋と「待つ男」

さて、少女巻では、夕霧の受験譚と同時平行的に、もう一つのストーリー――雲居雁との幼な恋の挫折が描かれてもいた。ともに祖母大宮のもとで育った雲居雁と夕霧が、ひそかに心を通わせていたことはすでに見たとおりであるが、雲居雁の姉の弘徽殿女御《こきでんのにょうご》が、斎宮《さいぐう》の女御との立后争いに負けたことから（絵合・松風の章）、父の内大臣は、急に雲居雁を東宮《とうぐう》に入内させることを思いついた。そうしたなか、ふとした折に、夕霧との恋仲を知った内大臣はそのことに激怒して、雲居雁を自邸に連れもどし、両者の仲を引き裂いてしまう。雲居雁が連れ去られる前日、祖母大宮のはからいで、ふたりはようやく対面でき、涙ながらに別れる。雲居雁の乳母《めのと》は「めでたくとも、もののはじめの六位宿世《すくせ》よ」（いくら夕霧がご立派なお方でも、姫君のせっかくのご縁組のお相手が六位ふぜいでは）（③五七）と、ぶつぶつ小言を言いながら、すぐそばまで来て雲居雁を探し回るが、その言葉を立ち聞きした夕霧は、深く傷ついた。

男君（夕霧は）、**我をば位なしとてはしたなむるなりけりと思すに、世の中恨めしければ、あはれもすこしさむる心地してめざまし。**（③五七）

——男君（夕霧）は、自分を位がないと言って、ばかにしているのだとお考えになると、世間も恨めしくなり、姫君への恋心も少し冷める心地がして、その言葉が許せない。

＊

六位は言ってみれば、位がないも同然。しかし、肩書なんて愛情とは関係ないものだと気にもかけなかった自分は、いかにウブだったか。現実のきびしさを、まざまざと思い知らされた夕霧である。世間の不当な扱いに腹が立つ一方、雲居雁への熱もすこし冷めた気がして、「もののはじめの

【少女】

六位宿世よ」という言葉だけが、胸につきささったまま消えない。

恋の万華鏡さながらの『源氏物語』のなかで、たったひとつの幼なじみの恋愛。かの有名な『伊勢物語』の筒井筒《つついづつ》の話の前半——互いに惹《ひ》かれあっていた幼なじみどうしが親の反対をのりこえて結婚した話——をなぞったものと考えられている。しかし、少女巻の幼な恋のゆくえに注視していくと、読者はしだいにある種のじれったさにかられてしまう。

なぜ、相思相愛の二人は筒井筒の主人公たちのように、はやくハッピーエンドを迎えないのか。その最大の理由は、ほかならぬ「浅葱《あさぎ》」の恥に対する夕霧の執着《こだわり》にあった。折にふれては、「緑の袖を軽蔑した雲居雁の乳母らに、なんとかして見なおしてもらわねば」（蛍巻）と念じたり、「浅緑の六位ふぜいとあざ笑った乳母らに、納言に出世した姿を見せてやろう」（梅枝巻）と意地をはったりと、「浅葱」の傷は、なかなか癒《い》えなかった。このように誠実でありながら、ときには執拗なまでの性分は、やがてのちに落葉《おちば》の宮《みや》への中年の恋（夕霧巻）へとつながっていく。

平安時代の婚姻形式は、男性が女性のもとをたずねる通《かよ》い婚《こん》だから、和歌や物語などに、夫の来訪をひたすら待ちつづける「待つ女」たちの姿が数多くみられる。だがしかし、夕霧のような、相手の親が頭をさげるまで結婚に踏み出そうとしない男性像は、『源氏物語』がはじめて描き出したものと言ってよい。夕霧という人物は他の平安文学にはなかなかみられない、じつに斬新な「待つ男」に他ならないのである。その彼の恋のゆくえは？　答えは次の章で明らかとなる。

（李　宇玲）

ダイジェスト5

玉鬘十帖《たまかずらじゅうじょう》

少女《おとめ》巻と梅枝《うめがえ》巻のあいだには「玉鬘十帖」と呼ばれる、全部で十巻の小さな巻々が置かれている。それは光源氏の新たな邸宅六条院《ろくじょういん》を舞台にした二年余の物語である。

夕顔の忘れ形見玉鬘《たまかずら》は、筑紫に下国して成人したが、豪族大夫監《たゆうのげん》らの強引な求婚を避けるべく九州を脱出した。長谷寺《はせでら》に参詣した一行は椿市《つばいち》の宿で、今は源氏に仕える、夕顔の侍女の右近と再会する。そのことを聞いた源氏は、玉鬘を六条院に引き取ることにした。（玉鬘）

六条院の新春、特に春の町のめでたさはこの上ない。元日、紫の上と新年を祝った源氏は邸内の女君たち、さらには無聊《ぶりょう》をかこつ末摘花らのもとを訪れる。（初音《はつね》）

三月下旬、春の町で船楽《ふながく》や季の御読経《みどきょう》が催された。船楽の折には竜頭鷁首《りょうとうげきす》の舟が池に下ろされ、一方の季の御読経は秋好中宮《あきこのむちゅうぐう》（かつての斎宮の女御）の主催であったが、紫の上の使者として蝶《ちょう》の装束をまとった子どもがつかわされ舞を披露した。四月、玉鬘に多くの懸想文が届く。対応を指示する源氏だったが、次第に彼自身が玉鬘に惹かれていく。（胡蝶《こちょう》）

源氏の懸想に苦しむ玉鬘をよそに、源氏は彼女に弟の蛍宮との交際を勧め、来訪した宮の前で蛍を放ち、玉鬘の姿を照らすことで宮の恋情を募らせた。（蛍）

盛夏、玉鬘は源氏の口ぶりから実父内大臣（かつての頭中将《とうのちゅうじょう》）との対面の難しさを知る。対す

【玉鬘十帖】

る内大臣は、雲居雁《くもいのかり》と夕霧の結婚を許すべきか否かに悩み、新たに引き取った娘である近江《おうみ》の君の扱いにも頭を痛めるのだった。（常夏《とこなつ》）

初秋の夕月夜、源氏は玉鬘に添《そ》い臥《ぶ》し、篝火《かがりび》の煙に託してついに自身の思慕の情を訴えた。（篝火）

八月、激しい野分《のわき》（大風）が来襲。見舞いに訪れた夕霧は紫の上をかいま見、その美しさに心奪われる。翌朝再度訪れた夕霧は源氏と玉鬘の父子らしからぬ睦《むつ》み合いを知って二人の関係に疑惑を抱く。（野分）

十二月、玉鬘は高級女官たる尚侍《ないしのかみ》の職に就いて冷泉帝のもとに出仕することになった。それを前に源氏は玉鬘の裳着《もぎ》（女性の成人式）の儀を計画し、内大臣に腰結《こしゆい》役を依頼する。内大臣の母である大宮の仲介もあって光源氏と内大臣は和解、翌年の儀で玉鬘は実父内大臣との対面を果たした。（行幸《みゆき》）

玉鬘は出仕を前に自身の身の上について悩む。夕霧が恋情を訴える一方、髭黒《ひげくろ》大将や蛍宮《ほたるみや》などが玉鬘に文を送るも、玉鬘は蛍宮のみに返歌した。（藤袴《ふじばかま》）

多くの求婚者たちはそれとして、光源氏にも心よせはじめていた玉鬘。彼女をわがものとしたのは、驚くべきことに、求婚者たちのなかでもっとも無粋な髭黒だった。彼には妻も子もあったが、その北の方は錯乱の発作が原因で髭黒と破局、子どもらを伴って邸を去った。一度は予定通り尚侍として入内した玉鬘だが、冷泉帝と玉鬘との間に何かが起きては大変と髭黒は自邸に連れ帰る。源氏は既成事実を承認しつつも彼女を忘れられないのだった。（真木柱《まきばしら》）

（中西　翔）

9 梅枝《うめがえ》・藤裏葉《ふじのうらば》巻——栄華の完成

明石の姫君の入内準備

梅枝・藤裏葉巻は、光源氏の栄華の絶頂を描き出す。それは光源氏個人の、というより、光源氏家の栄華というのがふさわしく、この両巻では光源氏に連なる人々に輝かしい光がつぎつぎとあてられてゆく。なかでも話題の中心になるのは、光源氏の二人の子、明石の姫君と夕霧とである。

梅枝巻の巻頭を飾るのは、明石の姫君の裳着《もぎ》の話題である。裳着とは女性の成人式のことであり、そのひとが結婚適齢期を迎えたことを世間に知らしめる意味を持つ。いま、明石の姫君は十一歳。太政大臣光源氏にとっては唯一の女の子であり、紫の上が手塩にかけて育てたこの姫君は、可憐な魅力をただよわせはじめている。その結婚相手としてふさわしいのは東宮をおいて他になく、姫君の裳着を待っていたかのように、同じ二月の下旬に、東宮も元服の儀を済ませた。

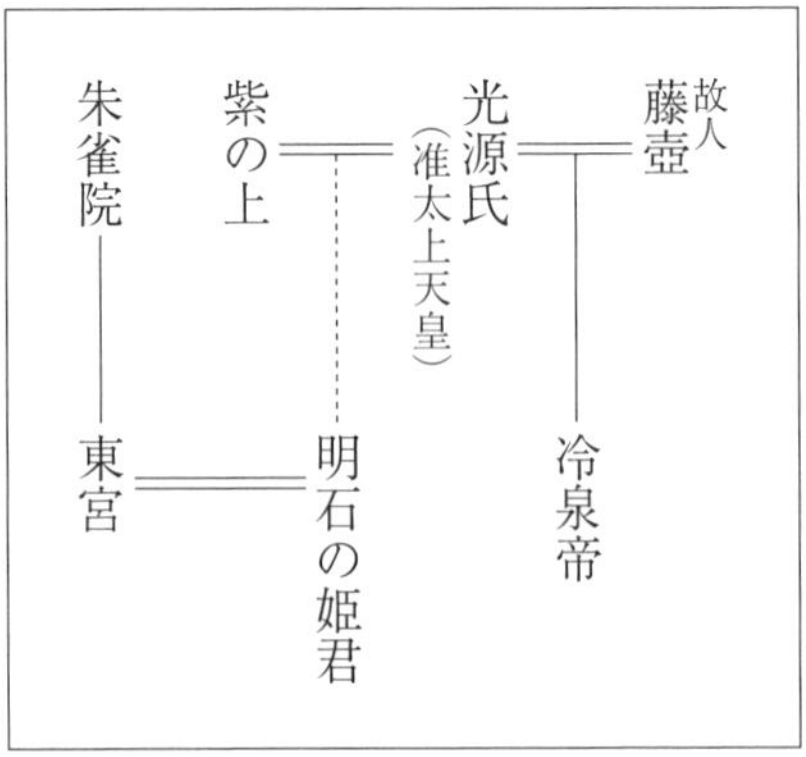

光源氏の仮名批評

明石の姫君が入内する際に持たせてやる道具や調度品の準備に熱が入る源氏は、草子《そうし》作りに精を出す。古代社会において書物は貴重品であり、例えば娘が嫁ぐ際に豪華な本を持たせてやる「嫁入《よめい》り本《ぼん》」の習慣が後の時代にもつづいたことを想起してほしい。紫の上に対し、当代の女性の仮名について光源氏が論評するのはそのような流れの中でのことであった。

源氏　さまざまの草子をひろげる

(源氏)「よろづの事、昔には劣りざまに、浅くなりゆく世の末なれど、仮名《かむな》のみなん今の世はいと際《きは》なくなりたる。古き跡《あと》は、定まれるやうにはあれど、広き心ゆたかならず、一筋に通ひてなんありける。妙《たへ》にをかしきことは、外《と》よりてこそ書き出《い》づる人々ありけれど、(源氏が)女手《をむなで》を心に入れて習ひし盛りに、こともなき手本多く集《つど》へたりし中に、中宮の母御息所《みやすんどころ》(六条御息所)の、

心にも入れず走り書いたまへりし一行《ひとくだり》ばかり、わざとならぬを得て、際《きは》ことにおぼえしはや。さてあるまじき御名も立てきこえしぞかし。（③四一五）

源氏は紫の上に語る。「万事、昔には劣って浅くなっていく末世ではあるけれど、仮名だけは近頃の方がずっとすばらしくなっています。昔の人の筆跡は、崩れがなく安定しているようですが、のびのびした感じがなく、どれも一様で似通っています。見事で風情のあるものは、かえって近年になって書きあらわす人が出てきましたが、私が平仮名を熱心に習っていた最中《さなか》のこと、達者な手本を数多く集めていた折に、秋好中宮《あきこのむちゅうぐう》（斎宮の女御《さいぐうのにょうご》）の母君の六条御息所が、何気なく無造作に走り書きなさった一行くらいの書を手に入れて、格段に優れていると感じたものです。それがきっかけとなって、彼女にはあってはならない浮き名もお流ししてしまいましたよ。

＊

ここでは光源氏の芸術論の一端、具体的に言えば「書《しょ》」についての持論が披露される。「よろづの事、昔には劣りざまに、浅くなりゆく世の末なれど、仮名《かんな》のみなん今の世はいと際《きは》なくなりたる」――古代に比べて現代はあらゆる点で底浅くなっているが、仮名だけは今の世の人たちの書いたものの方が良い、というのが源氏の主張であり、それにつづけて彼は、さまざまな女君たちの筆跡について語り出す。すべてで六人の女君たちの筆跡が右の場面前後では話題になるが、そこでは秋好中宮（斎宮の女御のこと）や藤壺でも才気や気品の点ではやや劣り、朧月夜と朝顔の姫君、それに紫の上が、当代随一の仮名の書き手であるといった細かい批評が展開されている。

言うまでもないことではあるが、他人の筆跡を評価するためには、その相手との間に手紙のやりとりがなされていなければならない。源氏が様々な女性の筆跡を批評できるということは、昔から彼が、多くの女性たちと実際に手紙をやり取りし、心の交流を築き上げてきたからこそのことである。つまり光源氏による「仮名批評」の場面は、そうした仮名の論評を通して、源氏自身がさまざまな女君たちとの来し方を回想する意味を有しているのである。

一例として六条御息所についての回顧を取りあげたが、右の一節では御息所と光源氏の、これまで読者にも披露されることのなかった馴《な》れ初《そ》めまで明らかになる。いわく、源氏が彼女と浮き名を立てたきっかけは、御息所が「心にも入れず走り書いたまへりし一行《ひとくだり》ばかり、わざとならぬを得て」、彼女が何気なく書いた筆跡をたまたま入手して、それに源氏が惹かれたからだというのである。こうした事実は六条御息所が生きていた際には語られることがなかった事がらであり、過去の恋の話など、妻たる紫の上にしなくてもよさそうなものだが、すべては御息所との恋が昔のことであり、またそのような話を聞いたところでもはや紫の上が動揺することもない、つまり彼女が光源氏の妻としての不動の地位を得たことのあかしともなっているのである。

【梅枝・藤裏葉】

夕霧への訓戒《くんかい》

さてここで話題は、明石の姫君の入内準備の話から、いったん、内大臣（かつての頭中将《とうのちゅうじょう》）家のがわに移る。内大臣は明石の姫君の輿入《こしい》れの噂を聞くにつけ、かつて入内まで考えた雲居雁《くもいのかり》が二十歳になっても結婚しないでいることを嘆いているのであった。

これに先立つこと六年、夕霧は祖母大宮のもとでともに育った幼なじみの雲居雁と相思相愛の仲になっていたが、彼らの仲は、雲居雁の父内大臣によって引き裂かれてしまった。その経緯については少女巻で見たところだが、その後も互いの気持ちは変わらず、いまや源氏と内大臣の不和も解消されて、結婚に対する障害は取り払われている。しかし、内大臣からすると、自分が一度仲を裂《さ》いた夕霧に再び頭を下げることは体裁が悪く、こんなことなら夕霧が雲居雁に夢中だった時に結婚させてしまえばよかったとさえ思うのだった。一方、夕霧も、内大臣らへの恨めしさは根強く、先方から願い出るまではと意地を張っている。

このような状況に対し、源氏は息子の身が固まらないことを心配して、他の縁談を勧めつつ、次のような訓戒を授ける。


（源氏）「かやうのことは、かしこき御教へにだに従ふべくもおぼえざりしかば、言《こと》まぜまうけれど、今思ひ合はするには、かの（桐壺帝の）御教へこそ長き例《ためし》にはありけれ。つれづれとものすれば、思ふところあるにやと世人《よひと》も推しはかるらんを、宿世《すくせ》の引く方にて、なほなほしきことにありありてなびく、いとしりびに人わろきことぞや。いみじう思ひのぼれど、心にしもかなはず、限りあるものから、すきずきしき心使はるな。（私＝源氏は）いはけなくより宮の内に生《お》ひ出でて、身を心にまかせずところせく、いささかの事のあやまりもあらば、軽々しきそしりをや負はむとつつみしだに、なほすき

ずきしき咎《とが》を負ひて、世にはしたなめられき。（あなた＝夕霧は）位浅く何となき身のほど、うちとけ、心のままなるふるまひなどものせらるな。……」（③四二四）

「このような（女性に関する）ことは、私も父帝の畏れ多いご教訓にさえ従おうという気持ちにならなかったのだから、そなたに口を差しはさむのは気が引けるのだが、今になって考え合わせてみると、あのご教訓こそ今日に至るまで模範とすべきものであったよ。そなた（夕霧）が所在なく独り住みをしているので、何か思う所でもあるのかと世間の人も邪推しているだろうが、その結果、因縁に引き寄せられるまま、ごくありふれた女に落ち着いてしまうというのでは、いかにも尻すぼみでみっともないことだ。どれだけ相手を高望みしても、結婚が思い通りになるわけではなく、何事にもきまりというものがあるが、だからと言って手当たり次第の浮気心を起こしてはならない。私は幼い時から宮中で育ち、思うように振る舞うこともできず窮屈に暮らしていて、少しでもしくじることがあれば、軽薄だという非難を受けるだろうと気をつけていたが、それでいてさえも、やはり女性がらみのことでいろいろと取り沙汰され、世間から冷遇された。そなたは位も低くこれということもない身の上だからといって、油断して勝手な行動などなさるな。……」

＊

【梅枝・藤裏葉】

初めに源氏は、父桐壺院の教訓に従おうとしなかった自身を振り返りつつ、しかしその教訓こそ「長き例《ためし》」、模範とすべき考えであったと、夕霧に語りかける。桐壺院の「かしこき御教へ」とは、本書では省略したが、譲位した桐壺院が六条御息所と源氏との噂を聞き及び、源氏を諭《さと》した葵巻の一節を指している。そこにおいて桐壺院は、源氏の軽薄な浮気心を戒《いまし》め、女の恨みを負わないように、と注意していた。当時の自分はその言葉の重みに気づくべくもなかったと、源氏は、今になって桐壺院の訓戒を思い返しているのである。

右の後半に展開される源氏の自論、高望みをせず、とはいえ平凡な身分の女に落ちついてしまうのでもなく、これぞという女性を妻とすることで、浮気心を持たないようにすることが大切で、結婚後は、相手の長所に目を向けながら末永く関係を維持せよという助言は、現代にもそのまま当てはまりそうな、説得力のある内容であるが、すでに見たように源氏は、紫の上を相手にした「仮名批評」の場面においても、六条御息所との関係について、遠い過去のこととして語っていた。物語の始まり以来、様々な女性に恋をし、関わりを持ってきた光源氏が、この巻において自身の恋の遍歴を総括するに至るのである。その意味でも、源氏の恋物語が一つの区切りを迎える時期に来ていることが読者に印象づけられるかたちになっていよう。

夕霧の恋の顚末

さてでは、このように源氏ら周囲の気をもませた夕霧の恋は、その後どうなったのであろうか。その顚末《てんまつ》は、梅枝《うめがえ》巻の次の巻であきらかにされる。このあたりから藤裏葉《ふじのうらば》巻に視点を移してゆこう。

「夕霧のもとに別の縁談が持ち上がっているらしい」と聞いて焦った内大臣は、三月に行われた大宮の一周忌で夕霧に和解の言葉をかけた。かわいい二人の孫、夕霧と雲居雁の恋の行方に気をもんでいた大宮――故太政大臣（かつての左大臣）の妻であり、内大臣の母でもあるこの女性――は、すでに昨年、二人の行く末を気にしながら、この世を去っていたのである。

内大臣からの優しい言葉を夕霧はあやしんだが、四月にはいると、内大臣邸で催される藤の宴への招待状まで彼のもとには届いた。見事な藤を前に、いぶかしみと心のときめきを抑えられぬままやってきた夕霧に、内大臣は「酔《ゑ》ひ泣きにや」、酒の力をかりて次のように謡いかける。

御時よくさうどきて（内大臣は）**「藤の裏葉の」とうち誦《ず》じたまへる、**（内大臣の）**御気色を賜《たまは》りて、頭中将**（内大臣息）**、花の色濃く、ことに房長きを折りて、客人《まらうと》**（夕霧）**の御盃《さかづき》に加ふ。**（③四三八）

内大臣が口にしたのは「春日さす藤のうらとけて君し思はば我も頼まむ」（『後撰集』）という歌の一節で、これが巻名の由来となった。言いたかったのは、その下の句部分、「うらとけて君し思はば我も頼まむ」――「うらとけて」（すべてを水に流し、打ち解けて）、「君」が私のことを思ってくださるのならば、「我《わたし》」もあなたを頼りにしよう、ということ。長い間のわだかまりを夕霧《そなた》が忘れてくれるのであれば、内大臣も貴君を、雲居雁《わがむすめ》の婿として迎え入れよう、ということである。内大臣の息子の頭中将が、その意を受けて、藤の花房を折り、夕霧に与えたが、その見事な藤の花は、内大臣家の姫、雲居雁を暗示する。この後、夕霧は「（四月）七日の夕月夜、影ほのかなるに、池の鏡のどかに澄みわたれ」（③四三九）る中、ついに雲居雁のもとへと案内される。父親から正式に彼女との結婚が許されたのであり、少女巻以来、実に六年ぶりの再会であった。

男君は夢かと覚えたまふにも、わが身いとどいつかしうぞおぼえたまひけんかし。女は、いとはづかしと思ひしみてものしたまふも、ねびまされる御有様、いとどあかぬところなく、めやすし。（③四四〇）

「あかぬところなく」「ねびまされる御有様」（いちだんとお美しくなった）、つまり、ここといって足りぬところなきさまに成長した雲居雁を前にして、「わが身いとどいつかしう」（心動かすことなく、いちずに待ち続けたわが身をほこらしく）思い、すべては「夢か」との思いに漂《ただよ》う男君と、「いとはづかしと思ひしみて」うつむく女君と。余計な解説はいるまい。

明石の姫君の入内・紫の上の地位

このようなかたちで夕霧の幼な恋は幸せな結末を迎えたが、実はこれと前後して明石の姫君も、ついに東宮のもとへ参内する次第となった。四月二十日のほどのことである。

かくて御参りは、北の方、添ひたまふべきを、「常に長々しうはえ添ひさぶらひたまはじ。かかるついでに、かの御後見《うしろみ》をや添へまし」と思す。上（紫の上）**も「つひにあるべきことの、かく隔たりて過ぐしたまふを、かの人も、ものしと思ひ嘆かるらむ。この御心にも、今はやうやうおぼつかなく、あはれに思し知るらん。かたがた心おかれたてまつらんも、あいなし」と思ひなりたまひて、……**（③四四九）

【梅枝・藤裏葉】

本来、入内《じゅだい》には北の方がおつきそいになるべきだが、（源氏は）「（紫の上が姫君に）いつまでも長々とお付き添い申していらっしゃることはできまい。この機会に、あの実の親をご後見役に付けようか」とお考えになる。紫の上も「いつかはお会いになるべき母子であるのに、このように離れて年月を過ごしていらしたのを、明石の君も、ひどいと思い嘆いていることだろう。姫君も、実の母を今ではだんだんと気がかりに、会いたいと思っていらっしゃろう。お二方からおもしろくなく思われ申すのも、よろしからぬことだ」とお思いになっていたところで、

＊

姫君の入内には母北の方がつき従うこととなるが、右では、姫君の母親として、紫の上が入内につきそうことが前提となっていることに注意したい。明石の姫君は、あくまで光源氏と紫の上の娘として東宮《とうぐう》に参るのであり、生母である明石の君はそれを目にすることもできない。それが身分社会に生きる者たちにとっての常識であり、明石の君にとってもすべてはもとより覚悟の上のことでもある。が、それではあまりに明石の君にとって、救いがあるまい。そこで明石の君には、紫の上から、そっと次のような助け舟が出された。

（紫の上）「この折に添へたてまつりたまへ。まだいとあえかなるほどもうしろめたきに、さぶらふ人とても、若々しきのみこそ多かれ。御乳母《めのと》たちなども、見及ぶことの心いたる限りあるを、みづからは、えつともさぶらはざらむほど、うしろやすかるべく」と聞こえたまへば、（源氏）「いとよく思しよるかな」と思して、……（③四四九）

「まだいとあえかなる」幼い姫君のこと、何くれと世話を焼いてやる必要がありましょうが、「みづからは、えつとしもさぶらはざらむほど」、私が宮中に長居するわけにもいかず、また乳母たちにすべてをまかせてということもできますまい、よい折ですから、姫君のことをずっと気にかけておられるであろう「かの人」を、姫君のおそばに上がらせてはいかがかと……。紫の上はみずから、そのように源氏に提案をして、「かの人」、すなわち実母たる明石の君を、姫君の「御後見《うしろみ》」、世話役につけてやることにしたのである。

明石の姫君を見事に育て上げ、光源氏家の「北の方」として確かな地位を得た紫の上であってみれば、明石の君など歯牙《しが》にも掛けぬというふるまいをしても誰からも非難されないであろう。にもかかわらずその彼女から、明石の君にかくも優しい心遣いのあったことを源氏は喜び、明石の君もこの度の配慮を「いみじくうれしく、思ふことかなひはつる心地して」受けとめた。光源氏を取り巻く人間関係は実に円満であり、彼にかかわる人々のすべてが、程度の差こそあれ、それぞれに、いま人生のもっとも幸福な瞬間を迎えようとしている。

光源氏は、ついに准太上天皇《じゅんだじょうてんのう》に

夕霧は幸せな結婚を、明石の姫君は東宮への入内を、というかたちで、光源氏の子どもたちは、それぞれに順風満帆な人生の門出を迎えた。さて、そうなると気にかかるのは、彼のもう一人の子、冷泉帝のことである。不義の子として生をうけた彼には、光源氏の子として、どのような結末が待っているのであろうか。

そのことを説明するためには、まず、光源氏の身の上に起きた次のような変化について話しておかなければならない。明石の姫君の入内もすべて無事にすんだ、光源氏三十九歳の秋のことである。彼はついに、至尊《しそん》の地位にのぼることとなった。

明けむ年、四十《よそぢ》になりたまふ、御賀のことを、朝廷《おほやけ》よりはじめたてまつりて、大きなる世のいそぎなり。その秋、太上天皇《だいじやうてんのう》になずらふ御位《くらゐ》得たまうて、御封《みふ》加はり、年官《つかさ》、年爵《かうぶり》（皇族など一部の貴族のみに与えられた特権）**など、皆添ひたまふ。**（③四五四）

源氏は「太上天皇になずらふ御位」を得たのである。言うまでもなく太上天皇とは、天皇の位を退いたもののみが就くことを許された至尊の地位である。もちろん源氏には、天皇として即位した経験などないが、にもかかわらず彼は、「太上天皇になずらふ」、太上天皇に准じ、「院」同様の待遇を受けることとなったのである。

ここで思い起こされるのは桐壺巻において、高麗《こま》の相人《そうにん》によってなされた、例の謎の占いである。彼は首を繰り返し傾けながら次のように語りかけた。この子には帝王相がはっきりと見えるけれども、しかし帝王に実際になった暁には国が乱れることがあろう、しかしだからといって臣下にとどまっていられるかといえば、それもまた違う、と。天皇でもなく、また臣下でもなく――桐壺巻の時点では、そのような地位など、この世にあるのだろうかと読者も首をひねった、その種明かしがここでなされたのである。

准太上天皇とは、天皇に准ずるというのだから、天皇や上皇とまったく同様ではない。しかし、

朱雀院と冷泉帝を自邸にむかえた光源氏

天皇に準ずるということは、臣下でもない。この「准太上天皇」という待遇は、この物語の時代までに男性でそのような地位に就《つ》いた例がなく、源氏が准太上天皇になったのはこの物語の中だけの特別な出来事である。紫式部は、この物語の主人公をそのような地位につけることをはじめから念頭において、高麗の相人に、あのような謎の言葉を吐かせたと言えよう。物語の首巻桐壺と、藤裏葉巻とは、いまここにぴたりと首尾呼応して、一つの世界が完結しようとする印象を私たち読者に強くもたらす。一般に、この藤裏葉巻において『源氏物語』の第一部は締めくくられるとされるゆえんである。

六条院行幸《ぎょうこう》

光源氏一族の栄華は、かれが「准太上天皇」の位を得たことによって頂点に達したと言ってよいが、物語はそうした大団円《だいだんえん》にふさわしく、最後に次のような場面を用意する。

その年の十月二十日過ぎ、紅葉の盛りに、冷泉帝が朱雀院とともに、光源氏の六条院に行幸することゝなった。天皇（冷泉帝）・太上天皇（朱雀院）・准太上天皇（光源氏）が一堂に会するというのは、源氏の栄華を象徴する、この上ない盛事である。

日暮れが近づく頃、童舞《わらわまい》がはじまって、太政大臣（もとの頭中将《とうのちゅうじょう》。彼は、光源氏が太政大臣から准太上天皇になったのに伴って、内大臣から太政大臣に昇進した）の末子が上手に舞い、帝から衣を与えられた。源氏はその舞楽を見るにつけ、かつて自身と太政大臣が青海波《せいがいは》を舞った時のこと（紅葉賀巻）を思い出す。往事を懐《なつ》かしむ源氏は太政大臣に和歌を詠《よ》みかけるが、大臣は一方で、複雑な思いを抱えてもいた。すなわち、あの紅葉の賀の折は源氏と肩を並べて同じ舞を舞っていたが、人より卓越した我が身の上をさらに凌駕《りょうが》する、類《たぐ》い希《まれ》な地位に至る源氏の運勢であった、と。その上で、彼は「紫の雲にまがへる菊の花にごりなきよの星かとぞ見る」（③四六一）と歌いかけ、源氏を「にごりなきよの星」、聖代にまたたく星と讃える。最大のライバルである太政大臣の感懐《かんかい》を通して、源氏の栄華が随一のものであることが描かれるのである。

最後にこの巻の末尾の一節を見てみよう。宴もたけなわで、朱雀院と冷泉帝が、それぞれに光源氏に対して和歌を詠みかける場面である。

（朱雀院）**秋を経《へ》て時雨《しぐれ》ふりぬる里人もかかる紅葉《もみぢ》の折をこそ見ね　恨めしげにぞ思したるや。帝《みかど》、**

（冷泉帝）**世のつねの紅葉とや見るいにしへのためしにひける庭の錦を　と聞こえ知らせたまふ。**（帝の）**御容貌《かたち》いよいよねびととのほりたまひて、**（源氏と）**ただ**

一《ひと》つものと見えさせたまふを、……（③四六二）

（朱雀院）幾たびの秋を経て時雨が降るとともに、「古《ふ》り」つまり年をとってしまった里人の私も、こんな見事な紅葉の折を見たことはありません

朱雀院が恨めしくお思いのようである。冷泉帝は

今日の紅葉を世間にありふれたそれと御覧になるのでしょうか。今日の紅葉はかつての先例に倣った庭の紅葉の錦だといいますのに

とお答えになる。帝のご容貌は成長に伴い一段とご立派になって、六条院（光源氏）と瓜二つとお見えになるが、

＊

朱雀院は、みずからをすでに天皇の地位を退いた「里人」と謙遜することで「かかる紅葉《もみぢ》の折をこそ見ね」、年を重ねた私も、かくも素晴らしい紅葉の盛りは見たことがないと、今日の六条院の紅葉を、ひいては光源氏の栄華を讃える。裏返してみればそれは、自身の治世にはこれほどの催し事はなかったとの思いの吐露でもあり、一つ間違うと他者をうらやむ「恨めしげ」な歌ともなりかねないところを、冷泉帝がたくみにとりなす。この六条院の庭に散り敷いた紅葉の錦は「いにしへのためし」に倣《なら》ったものであり、今日の集いは桐壺帝の時代の「紅葉の賀」の先例にのっとったもの。その催しには、上皇陛下《あなた》も、東宮として参加なさっていたではありませんか、と。

偉大なる父桐壺院、弟たる今上陛下《きんじょうへいか》冷泉帝、そして今日の盛儀を華麗に演出して見せた六条院

光源氏、彼らの中で一人疎外感をかみしめかねない朱雀院の心を慰めつつ、この六条院行幸を先例に連なる偉大な催しであったと、あらためてこと上げしてみせた冷泉帝の才智が光るところであるが、注目したいのは、その冷泉の容貌が「御容貌《かたち》いよいよねびととのほりたまひて」、いよいよ美しく、実の父たる六条院と「ただ一つものと見えさせたまふ」とされる点である。

かつては光源氏によく似通うことが、唯一の欠点であるかのように言われた冷泉帝。亡き藤壺も、やがてそれが世の人の目に留まり、すべてが露見してしまうことになるのではないかと、気に病みつづけたのであった。しかしそのような懸念は、もはやここでは不要である。冷泉帝が、この物語の理想の主人公、准太上天皇光源氏の容貌に瓜二つであることは、ただただめでたい、慶事として描かれる。みずからが光源氏の子であることを知って以来、実の父を臣下として自らの下位に置くことに長く苦しんできた冷泉帝である。彼には源氏に譲位をほのめかし、それを退けられた苦い思い出もあった（薄雲巻）。そのことを思えば、今日の六条院行幸は冷泉帝にとって、わが父光源氏を晴れて准太上天皇として遇することができる、人生最良の日であったといってもよいであろう。光源氏の三人の子のうち、冷泉帝も、このようにして実の父に孝養を尽くすことがかなったのであった。

【梅枝・藤裏葉】

大団円《だいだんえん》のそのあとに

光源氏にかかわった人々は、こうしてみな幸福な瞬間を迎えた。彼はいま、三十九歳。年があらたまれば、四十を迎える。平均寿命の長い現代ではしばしば誤解されるが、本来「初老」とは四十の異名。輝くばかりに美しい光源氏も、ついに老境にさしかかったのである。梅枝・藤裏葉巻には、物語が直接源氏の「老い」らしきものにふれた箇所として、明石の姫君の入内《じゅだい》が無事に終わり、夕霧も結婚したことで後顧《こうこ》の憂いがなくなった彼が、出家の志をほのめかす場面があった。そこでは、「長からずのみ思さるる御世のこなたに」（命に限りのある存命中に）、出家をはたしたいという心境が吐露されるのであったが、今の彼が、四十を前にした年齢であれば、それはごく自然な心持ちであっただろう。多様な恋を経て世間にも認められた最愛の妻を持った源氏は、今や恋の主人公でいる必要はなく、従来の物語であれば、次世代にバトンを継承し、「過去の人」として表舞台からは退くのがごく自然な展開である。

しかし、藤裏葉巻の物語は、そうしたところに留まらない源氏の姿にふれてもいた。夕霧が雲居雁との結婚を認められた直後、源氏が親の立場から結婚についての訓戒を述べる場面があるのだが、そこにおいて夕霧は、光源氏の「御子とも見えず、（源氏が）すこし兄《このかみ》ばかりと見えたまふ」（③四四四）と描かれていた。源氏は、夕霧がご子息だとも見えないほどお若く、ほんの少し年上の兄君かと、見間違えるほどだ、というのである。初老を迎えようというにもかかわらず、源氏はいまだ子の世代に比しても若さを失っていない。親としての立場を強調し、人生の現役世代から距離を置こうとしていた源氏の思惑とは裏腹に、彼の存在が「過去の人」とはなりえないことを、読者はどこかに予感するのではあるまいか。さてでは彼が、栄華の頂点に到達していながら、話題の中心から退くことを許されないのだとしたら？

平安時代の物語は、主人公一族が栄華の頂点を迎える、その直前に、少し余韻を残して締めくくられるのが一つのパターンであった。それに対して、光源氏の物語は、その頂点と栄華を描き切ってしまったのである。めでたしめでたし、「大団円《だいだんえん》」のその先には、何があるのであろう。この物語の作者は、それまでの物語に描かれることのなかった、まったく新しい世界を描きはじめようとしている。一つの世界のおわりは、新しい世界のはじまりでもある。私たち読者の冒険も、この先しばらくの間、つづいていくことになる。

（中西　翔）

【梅枝・藤裏葉】

＊クイズ❹〈どの巻の絵でしょう? はなやかな玉鬘十帖のうちの一コマ〉⇓答え198頁

10 若菜《わかな》巻——老年の光源氏

女三の宮を光源氏に託す朱雀院

藤裏葉巻で光源氏の栄華を語り終えた物語は、若菜巻に入るとその様相を一変させる。栄華の完成に向けて、未来志向で前へ前へと展開してきた第一部の物語とは異なり、若菜巻以降の物語は、それまでに語ってきた過去の内容を巧みに取り込みつつ、その意義を新たに問い直す方向へと舵《かじ》を切っていくのである。その発端となるのが、若菜上巻でその存在が明らかにされる朱雀院の皇女、女三《おんなさん》の宮《みや》の、光源氏への降嫁《こうか》（輿入《こしい》れ）である。

病気がちな朱雀院はこの頃出家を考えるようになっていたが、それにつけても心配なのは、娘の女三の宮のこと。彼女は母が既に他界しているため、自分が出家すると一人で取り残されることになる。そのため朱雀院は、冷泉帝への入内《じゅだい》や独身のまま過ごすことなどを含めて、様々な選択肢を模索していた。平安時代には、皇女が独身のまま生涯を終えることも珍しいことではなかったからである。それが最終的に光源氏への

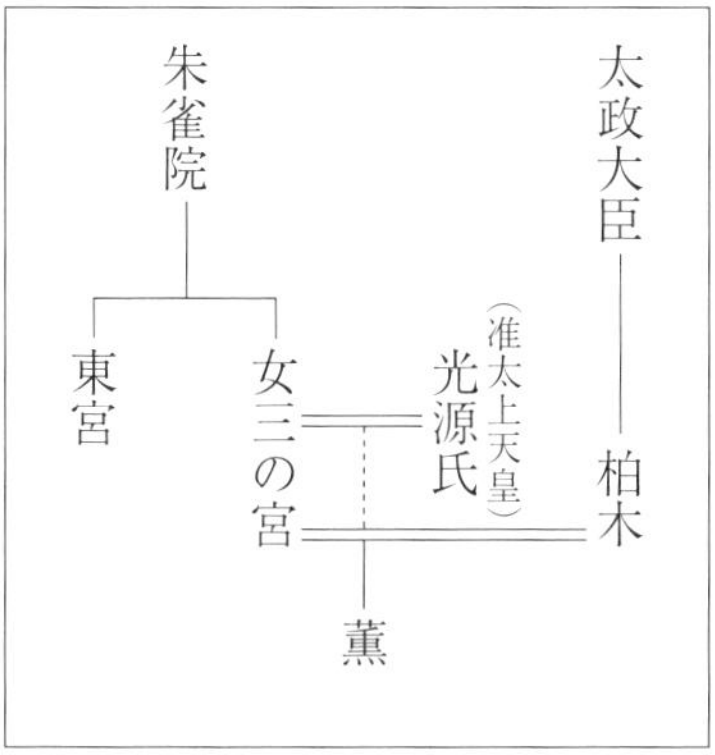

降嫁《こうか》に落ち着いたのは、その人間的な魅力と同時に、かつて光源氏が北山で発見した紫の上を自邸に引き取り立派に養育したという〈記憶〉が、朱雀院の中に忘れがたく存在していたためである。紫の上のような人生を歩ませたいと願うのは、父親の心情としては当然であろう。こうして、現在進行中の物語に〈紫の上の引き取り〉という若紫巻の〈記憶〉が重ねられてくるのだが、朱雀院の目には紫の上のサクセスストーリーと映った〈紫の上の引き取り〉は、しかしまた、光源氏の藤壺思慕という決して口外されることのない感情に端《たん》を発《はっ》するものでもあった。それゆえ、光源氏にとって、女三《おんなさん》の宮《みや》を光源氏に託したいという朱雀院の申し出は、朱雀院とはまた異なる〈記憶〉を呼び起こすことになる。

実は、女三の宮は母方の血筋を通して、藤壺とつながっていた。女三の宮の母は藤壺の異母妹《いぼまい》にあたるため、紫の上と同じく、女三の宮もまた藤壺の姪だったのである。朱雀院の申し出を断り冷泉帝への入内《じゅだい》を勧める光源氏は、すでに何人もの女性が入内していることを理由にためらう朱雀院を説得するために、桐壺帝の後宮《こうきゅう》でも、最後に入内してきた藤壺が帝の寵愛《ちょうあい》を得たことを例に挙げるのだが、藤壺の存在が脳裏に浮かぶやいなや、先述した二人の血縁関係に思い至り、説得から一転して、女三の宮への関心を深めていくようになる。そして、女三の宮の裳着《もぎ》（成人した女性がはじめて裳を着ける儀式。男性の元服に相当する）も終わった年の暮れ、出家を果たした朱雀院を病気見舞いのために訪れたさい、女三の宮への関心に抗《あらが》いきれず、光源氏はとうとうその後見役を受諾してしまうのである。

こうして女三の宮は六条院に降嫁してくることになるわけだが、そのことは、理想の夫婦として物語が描き出してきた光源氏と紫の上の関係を大きく揺さぶることになっていく。物語は〈紫の上の引き取り〉という過去の出来事を取り込むことによって、光源氏を選ぶ朱雀院の心情を必然化するのみならず、自身と紫の上とを結びつけることになった藤壺思慕の感情が、ほかならぬその紫の上を苦しめてしまうという試練を光源氏に課していくのである。まるでドミノ倒しのように、ある事態が必然的に次の事態を引き起こす展開になっていることをまずおさえたい。

　と同時に、朱雀院にしても光源氏にしても、紫の上を苦しめようなどという意図をもって行動したのではないという点にも注意しておきたい。たとえば、第一部における弘徽殿女御《こきでんのにょうご》のような、悪意を持った人物が人々を不幸に陥れるという図式は、確かにわかりやすい。しかし、私たちを取り巻く現実の人間関係は、そこまで単純なものではなかろう。悪気《わるぎ》のない、むしろ善意に基づく言動が、結果的に人を傷つけてしまうという経験は、そう珍しいものではない。実は、若菜巻以降の物語も、そのようなより現実的な人間関係を描き出そうとしているのである。朱雀院にしろ光源氏にしろ、彼らは彼らの思惑や事情に基づいて行動しているのであって、それが当人たちの予想もしなかった結果をもたらしてしまう。見方を変えて言えば、他人の考えをすべて理解しているような超人的な人物は、若菜巻以降の物語には登場しない。光源氏を含むすべての登場人物は、他人を思いやりながらも、不完全な理解のもとに行動していくことになる。誤解やすれ違いを含みつつ織りなされるそのような人間模様こそが、第二部と呼ばれる、若菜巻以後の物語には描き出されていくのである。

すれ違う光源氏と紫の上

光源氏から女三《おんなさん》の宮降嫁《みやこうか》のことを知らされた紫の上は、次のように考える。

心の中《うち》にも、かく空より出で来にたるやうなることにて、のがれたまひがたきを、憎げにも聞こえなさじ、わが心に憚《はばか》りたまひ、諫《いさ》むることに従ひたまふべき、おのがどちの心より起これる懸想《けさう》にもあらず、堰《せ》かるべき方《かた》なきものから、をこがましく思ひむすぼほるるさま世人《よひと》に漏りきこえじ、式部卿宮の大北《おほきた》の方《かた》、常にうけはしげなることどもをのたまひ出でつつ、あぢきなき大将の御事にてさへ、あやしく恨みそねみたまふなるを、かやうに聞きて、いかにいちじるく思ひあはせたまはむ、など、おいらかなる人の御心といへど、いかでかはかばかりの隈《くま》はなからむ。（④五三）

紫の上は、心中で「今回の一件は、空から降ってきたような思いがけないことで、光源氏としても避けようのなかったことなのだから、私も決して憎らしそうに言うのはよそう。ご自身の心にやましく思ったり他人からとやかく言われたりするような、当人同士の心から発した色恋沙汰ではないのだし、二人のことはどうしようもないこととはいえ、こんなふうにくよくよしている様子を世間の人たちに感づかれることのないようにしよう、特に式部卿宮の大北の方（紫の上にとっては継母《ままはは》にあたる）はいつも私の不幸を願って、どうしようもなかった大将の事（大北の方の娘は髭黒《ひげくろ》大将の妻であったが、その髭黒大将が六条院に引き取られていた玉鬘と結婚したこと、

【若菜】

ダイジェスト5参照。大北の方は、このことで光源氏と紫の上を恨んでいた）につけてまで、恨んだり妬《ねた》んだりしていらっしゃるということなので、もし今度のことがお耳に入ったら、それみたことかとお思いになられるだろう」などと考えるようになるが、紫の上はおおらかなご気性とはいえ、どうしてこの程度には気を回されないはずがあろう。

＊

光源氏から話を聞いた紫の上は、かつてのように嫉妬することをしない。それは、朱雀院の皇女という女三の宮の社会的な地位が、これまでの明石の君や朝顔の姫君とは違って、圧倒的に自分より優位なためでもあるが、それと同時に、藤壺思慕という本当の原因を知らない紫の上には、光源氏の真意が測りかねるためでもあろう。話の内容から、やむを得ない処置であったと考える紫の上は、光源氏の心変わりとしてこの問題を捉《とら》えることをせず、むしろ、准太上天皇《じゅんだじょうてんのう》となった光源氏のところに女三の宮が降嫁してくるのは当然なのだと言い聞かせ、自身の動揺を悟られまいと、表面的には努めて平静を装おうとするのである。しかしまたそれだけに、光源氏との間には会話そのものが成り立ちがたくなっていく。思いのはけ口を失った紫の上は、ひたすら内省的に思索を深めていくことになる。

しかし、紫の上の心中を把握しきれない光源氏は、これまでとは様子の違う彼女に対して、自らが心変わりしたわけではないと訴えることで慰めの糸口を見出すほかない。特に降嫁決定の翌年二月に女三の宮を迎え入れて以降、二人の対比からあらためて紫の上の素晴らしさを実感した光源氏は、これまで以上に紫の上への愛情を深めていくのだが、当の紫の上は内面の苦悩を決して光源氏に打ち明けようとはしないのである。

すれちがう歌と歌

同年夏、紫の上は自室で何気なく古歌《こか》などを書いて気を紛らわしているが、思いつくのは恋の苦しみを詠《よ》んだ歌ばかり。自分でも意識していなかった物思いの存在に紫の上がはたと気づくという場面だが、そこにやってきた光源氏は、紫の上の次の和歌に目をとめる。

身にちかく秋や来ぬらん見るままに青葉の山もうつろひにけり

これは、「秋」に「飽き」を掛け「青葉の山」に光源氏をよそえながら、「私の身には秋が迫ってきたのだろうか、色づくことがないと思っていた青葉の山もすっかり色変わりしてしまった（変わらないと思っていたあの人（光源氏）も心変わりして、私は飽きられてしまったのだろうか）」と詠んだもの。ここに紫の上の嘆きを感じ取った光源氏は、

水鳥の青羽《あおば》の色もかはらぬを萩《はぎ》のしたこそけしきことなれ

「青葉の山」を「水鳥の青羽」で受け「萩のした」に紫の上をよそえて、「水鳥の青羽は色を変えたりしません、むしろ様子が変わったのは萩の下葉のほうですよ（私の愛情はこれまで通り変わらないのに、あなたの方こそ何か様子がおかしいのではありませんか）」と詠み添える。光源氏はここでも変わらぬ愛情を訴えることで、紫の上を気遣うのである。しかし、その苦悩を十分には理解しきれな

【若菜】

い光源氏は、紫の上の気持ちにそれ以上寄り添うことができない。

男の心変わりが女を苦しめると考えられていたこの時代、変わらぬ愛情を訴えつづける光源氏の対応は、それなりに意味のある行為であった。そしてまた、これまでであれば、それで紫の上の機嫌も収まっていた。しかし、女三《おんなさん》の宮降嫁《みやこうか》を光源氏の心変わりと捉《とら》えない紫の上は、世の中そのものの無常さを思うようになっていく。そして、そのような当《あ》て所《ど》ない世の中を生きる我が身のあり方を省《かえり》みるようになるのである。いかに光源氏が自分を愛そうとも、それにのみ依存して生きる人生のはかなさを感じ始めた紫の上にとって、光源氏はもはや人生の拠《よ》り所とはなりえない。光源氏が女三の宮の降嫁を告げる直前には、「かたみに隔てきこえたまふことなく、あはれなる御仲」（お互いに隠しごとなく心から寄り添い合う仲）とされていた光源氏と紫の上であったが、次第に二人は相手と共有しえない内面を抱え込んだ関係となっていくことになる。

こうして、より現実的な人間模様の網の目の中に、光源氏も紫の上も絡《から》めとられていくことになるのだが、ここでは、それを「情報」という観点から捉え返してみよう。光源氏と紫の上がすれ違うのは、お互いがお互いのことを完全には理解できていないからである。しかし、どうしてそれが不完全だと言えるのか。それは私たち読者の方が彼らより多くの「情報」を持っているからにほかならない。私たちは、光源氏の心中に藤壺思慕の感情が燻《くすぶ》っていたことも、紫の上が女三の宮降嫁を機に何を考えているかも知っている。それゆえ、二人の言動を読みながら「もっと素直になればいいのに」、「そんなことをしても逆効果だよ」などと思ってしまうのである。物語を読んでいて感じる私たちのハラハラ感やイライラ感は、実は「情報量」の操作によってもたらされたものなので

正月　六条院の女たちによる音楽の夕べ

ある。これは一般に「ドラマチックアイロニー」と呼ばれる技法だが、それがここで効果的に使われているのである。

光源氏の述懐と女楽《おんながく》

　物語内では、翌年の明石の女御《にょうご》（光源氏と明石の君との間にできた明石の姫君のこと。藤裏葉巻で東宮《とうぐう》に入内《じゅだい》して女御となった）の出産、柏木による女三《おんなさん》の宮《みや》の垣間見《かいまみ》などが語られながら、年月が経過していく。六条院世界は、紫の上が平静を装ったことで、大きな混乱もなく穏やかな日々がつづいていたが、その紫の上は、世の無常を噛みしめつつ、やがて出家を願うようになっていた。冷泉帝も譲《じょう》位《い》し、女三の宮の降嫁《こうか》からは六年の歳月が経過した頃のことである。当時は妻が出家するためには夫の許可が必要であったが、紫の上に執着する光源氏がそれを認めるわけもない。

　そんなある日、光源氏は、来年五十歳になる朱雀院のために、五十の賀《が》（お祝い）を計画する。それは、出家して気軽に女三の宮に会えない朱雀院に、二人の対面の場を用意するためであった。そこで、五十の賀で披露するために女三の宮に琴《きん》を教え、翌年正月にそのリハーサルを兼ねて、六

【若菜】

条院で演奏会（女楽《おんながく》）を開くことにした。琴《きん》を女三の宮、和琴《わごん》を紫の上、箏《そう》の琴《こと》を明石の女御、琵琶を明石の君が担当し、それは見事なものであった。

その夜、光源氏は自分の半生を振り返り、その思いを紫の上に語りかける。

みづからは、幼くより、人に異なるさまにて、ことごとしく生《お》ひ出でて、今の世のおぼえありさま、来《き》し方にたぐひ少なくなむありける。されど、また、世にすぐれて悲しき目を見る方も、人にはまさりけりかし。まづは、思ふ人にさまざま後《おく》れ、残りとまれる齢《よはひ》の末にも、飽かず悲しと思ふこと多く、あぢきなくさるまじきことにつけても、あやしくもの思はしく、心に飽かずおぼゆること添ひたる身にて過ぎぬれば、それにかへてや、思ひしほどよりは、今までも、ながらふるならむとなむ思ひ知らるる。④二〇六）

自分は幼い頃から普通の人とは違う身の上で、大切に育ててもらったし、准太上天皇《じゅんだじょうてんのう》としての現在の評判や暮らしぶりも、過去には例を見ない素晴らしいものです。しかしまた、飛びぬけて悲しい目にあうという点でも、私の人生は人並外れたものでした。まず第一に、大事に思ってくれた母や祖母に先立たれ、生きながらえた晩年になっても、意に満たず悲しいことが多くて、道理に外れたあってはならないこと（紫の上にその真意は伝わらなかったであろうが、藤壺との一件を指す）に関わったために、妙に心配事がたえず、満足しないことが付きまとう身の上として過ごしてきたので、その代償としてか、思っていた以上に今日まで長生きしてきたの

――だと考えずにはいられません。

＊

無類の栄華を手に入れた人生であったが、それと同時に抱え込まされた苦悩もまた人並外れたものであったとの感慨を漏らすのだが、ここまで物語を読んできた読者には大きく肯《うなず》かれるところだろう。「あぢきなくさるまじきこと」とは、ぼかした言い方だが、現代語訳に示した通り、藤壺との一件を指す。とすれば、ここで光源氏は、藤壺への思慕の情ゆえに物思いの絶えない人生であったと回想していることになる。紫の上に苦悩をもたらした女三《おんなさん》の宮降嫁《みやこうか》ももとを正せば光源氏のこの藤壺思慕に由来するのだから、私たち読者としては、この発言を糸口とした光源氏の歩み寄りを期待したくなるところである。

しかし、つづけて紫の上には、「須磨退去の時以外には悲しい思いをさせたことはなかった。皇妃《きさき》でも物思いの絶えることはないのだから、あなたは並外れて幸運なのだとおわかりですか。女三の宮のことでは辛かったでしょうが、私の思いがそれ以降いっそう深まったのはご存知でしょう」との言葉を掛けてしまう。これは、歩み寄りを期待する読者にとって、あまりに身勝手な発言に感じられよう。紫の上も、苦悩の代償として長生きしてきたという光源氏の論理を逆手にとって、「おっしゃる通り、寄る辺《よるべ》ない私には過分《かぶん》な幸運のように人様には思われるでしょうが、同時に心の中には堪《こら》えきれない嘆きがいつも付きまとっています。でも、私の場合も、その嘆きこそが長生きの秘《ひ》訣《けつ》だったのですね」と言い返すのであり、二人のすれ違いが浮き彫りになる。

このように、二人の断絶は決定的となっていくのだが、同時に、栄華と苦悩という点では、光源氏と紫の上の人生が重なることにも注意しておきたい。早くに母を亡くすなど孤独な幼少期を過ごしながらも、数奇《すうき》な出会いによって人も羨《うらや》む栄華を手に入れていく一方で、その心中には他人に理解されない苦悩をも抱え込まされるという二人の人生は、実は驚くほど似通っている。その意味では、互いに理解し合える素地を十分にもった関係なのである。それゆえ、両者の立場を理解できる読者は、すれ違っていく二人に対して、もどかしさを感じずにはいられないところであろう。

　胸の内を誰にも打ち明けられずに内省的になる一方の紫の上は、女楽《おんながく》の翌朝、とうとう発病してしまう。翌二月には六条院から住み慣れた二条院に移るものの病状は回復せず、一時は六条御息《ろくじょうのみやすん》所《どころ》の死霊のために仮死状態に陥《おちい》った紫の上だったが、五月頃から快方に向かい、翌六月には起き上がれるまでになった。注目したいのは、この仮死体験を通して、紫の上にある変化がもたらされたことである。紫の上は、自らが死ぬことよりも、後に光源氏を残していくことを心配するようになる。

　六月のある日、見舞いに訪れた光源氏が元気になった紫の上を見て喜ぶと、「消えとまるほどやは経《ふ》べきたまさかに蓮《はちす》の露のかかるばかりを」――二条院の池の蓮の葉に露が置いている眼前《がんぜん》の景色に寄せて「あなたは私が元気になったと喜んでおられますが、蓮の葉にかかる露が消えずにいるような短い間だって生きていられはしません。私の命は、蓮の上の露のようにはかないのですよ」と詠みかける。世の無常を光源氏に教え諭《さと》すようなこの和歌は、これまでの内省一辺倒だった心境からは大きくかけ離れた内容になっている。光源氏が紫の上の回復を喜ぶということは、とりもなおさず、光源氏が紫の上に執着しその死を受け入れる状態にないことを意味する。それゆえ、このような光源氏の姿は自身の出家を妨《さまた》げる要因でもあるのだが、紫の上はそれに対して、反発するで

桜　蹴鞠に興じる貴公子たち

もなく、拗《す》ねるでもなく、光源氏のありのままを受けとめて大きく包み込むような対応をするのである。

　自身を取り巻く状況はなんら好転していないにもかかわらず、蘇生《そせい》後の紫の上はこのような態度を一貫して取りつづけるようになる。しかしそれは、紫の上が再び光源氏に寄り添うようになったということではない。理解し合えないものを抱えたまま、光源氏の存在を受け入れたということなのである。

　では、光源氏の方はどうであろうか。同じような生の軌跡を描いてきた光源氏にも、紫の上と同じような変化が訪れるのであろうか。

柏木《かしわぎ》と女三の宮の密通

　実は、紫の上が二条院へと移っていた間に、六条院では大事件が起こっていた。紫の上の看病をするために光源氏が不在がちなのを狙って、太政大臣（かつての頭中将《とうのちゅうじょう》）家の嫡男《ちゃくなん》柏木が小侍従《こじじゅう》という女房の手引きで女三《おんなさん》の宮《みや》のもとに忍び込み、密通事件を引き起こしてしまったのである。かつて柏木が六条院で催された蹴鞠に参加した折、室内からとびだした唐猫が御簾《みす》を紐《ひも》にひっかけてまくりあげてしまったために、柏木が女三の宮を垣間見《かいまみ》ることになってしまったことがあったが、その日以来彼は、一途《いちず》に女三の宮のことを思いつづけて来たのである。そして、あろうことか、女三の宮に宛《あ》てた柏木の手紙が、女三の宮の不注意から光源氏に見つかってしまい、二人の関係は光源氏の知るところとなる。

二人の関係を知った光源氏は、激怒する。帝の皇妃《きさき》と関係を持つということは昔もあったが、それは同じ主君に仕えている間に男女の情が通うということで仕方ない面もある、しかし女三の宮の場合は、紫の上への愛情を抑制してまで何不自由なく大切にお世話してきたのだから、その私を差し置いて二人の間に過ちなど起こってよいわけがない——光源氏はそのように考えて二人の行いを指弾《しだん》するのである。光源氏は柏木と女三の宮が相思相愛の関係であると考えており、ここでもまた〈誤解〉が描き込まれているのだが、注意したいのは、今回の一件からかつての藤壺との密通事件に思いが及ぶところである。

故院の上《うへ》も、かく、御心には知ろしめしてや、知らず顔をつくらせたまひけむ、思へば、その世のことこそは、いと恐ろしくあるまじき過《あやま》ちなりけれ、と近き例《ためし》を思すにぞ、恋の山路《やまぢ》はえもどくまじき御心まじりける。（④二五五）

——亡くなられたお父上《きりつぼいん》も、今の私のように、心中では私と藤壺の関係をご承知でいらっしゃって、知らん顔をしておられたのだろうか。思えば、あのころのことはまったく恐ろしく、あっ

――てはならぬ過ちであった、とご自身のことを想起なさるに及んで、人が迷い込むという恋の山路は誰も非難できないというお気持ちが生じてくるのだった。

＊

これまでは二人を攻撃する一方の光源氏であったが、かつての桐壺帝も自分と藤壺の関係を知っていたのだろうかと考えるに至って、急にトーンダウンしてしまう。それは、今の自分と過去の桐壺帝とを重ね合わせた結果、今度は今の柏木に過去の自分が重なって見えたからであろう。こうして、光源氏は密通事件を引き起こした柏木を通して、過去の自分と向き合わされることになる。柏木を断罪することは自分で自分を裁くことにほかならず、光源氏はここでもまた、藤壺思慕の問題を突きつけられることになるのである。

一方、密通露見の事実を知った柏木は、光源氏の視線に晒《さら》されることを極度に恐れ、その恐怖心から病床に臥《ふ》してしまう。女三《おんなさん》の宮《みや》と通じたことは褒《ほ》められたことではないが、しかし皇妃《きさき》との密通に比べれば罪は軽い。にもかかわらず、柏木がこれほどおののいてしまうのは、柏木にとって光源氏が神にも比すべき絶対者として捉《とら》えられていたからである。つまり、ここでもまた、柏木の〈誤解〉――実際の光源氏とは異なる柏木ならではの光源氏像――が彼を苦しめるという展開が仕組まれているのである。

さて、宮中にも出仕せず自邸に引きこもっていた柏木であったが、延び延びになっていた朱雀院の五十の賀のための試楽《しがく》（リハーサル）が十二月に六条院《ろくじょういん》で開催されることになり、久しぶりに光源氏と対面することになる。しかし、お互いに密通の事実に触れることはない。むしろ、それを知りつつ言及しないために、それぞれが〈誤解〉に基づいて作り出した相手の虚像と対面している格好となり、事態は深刻化していくことになる。試楽も進行し、やがて砕けた酒宴の席となるなかで、光源氏は酔いを装い「過ぐる齢《よはひ》にそへては、酔泣《ゑひな》きこそとどめがたきわざなりけれ。衛門督《ゑもんのかみ》（柏木）心とどめてほほ笑まるる、いと恥づかしや。さりとも、いましばしならむ。さかさまに行かぬ年月《としつき》よ。老《おい》は、えのがれぬわざなり」（私のように年をとってしまうと、酔って泣くことが抑えられなくなるものです。若いあなたがそれを見つけて笑っていらっしゃるのが、なんとも恥ずかしいかぎりです。とはいえ、それもいましばらくのことでしょう。逆さまには流れていかない年月というもの。老いは誰しも逃れることができない定めなのですよ）と言って柏木を一瞥《いちべつ》する。

光源氏を恐れるばかりの柏木に笑う余裕などあるはずもない。しかし、二人を相思相愛の関係と考える光源氏にとっては、柏木の何気ない表情が自分を嘲笑しているように感じられるのだろう。そしてまた、自らの老いを嘆いたような光源氏の一言も、柏木の耳には、若いお前は私を見て笑っているだろうが、若さに思いあがっていられるのも今のうちだぞ、という皮肉に聞こえたにちがいない。光源氏を過度に恐れる柏木にとって、これは天罰にも等しい一撃であった。このことが原因で、柏木はとうとう再起不能となり、病の床に臥してしまうのである。

だがしかし、かりに柏木を葬り去ることができたからといって、失ったものが取り戻せるわけではない。過去の自分と向き合いながら、光源氏はどのような晩年を生きていくことになるのか。紫の上のような心境の変化は訪れるのだろうか。藤裏葉巻の栄華から一転して、生の苦悩を一身に背負い込んだような光源氏の内面のドラマがここに始まることになる。

（吉田　幹生）

【若菜】

11 柏木《かしわぎ》・横笛《よこぶえ》巻——不義の連鎖

柏木と光源氏

太政大臣《だじょうだいじん》（かつての頭中将《とうのちゅうじょう》）家の嫡男《ちゃくなん》として強い自尊心の持ち主であった柏木。彼は光源氏の妻・女三《おんなさん》の宮《みや》に対する思いをつのらせ、密通を犯してしまう。しかし、残酷なことに、女三の宮は、柏木が思い描いていたような女性ではなかった。女三の宮は、柏木が思っていたより、ずっと幼く、そこが皇女らしいと言えばそれまでであるが、頼りなく、はかない女君であった。しかしそれでも柏木は、それまでと同じように恋慕の情を訴えつづけ、ついには女三の宮に送った手紙が光源氏によって発見されるという最悪の事態に至ったことは前章で見た通りである。

柏木は、すべてを知った光源氏から朱雀院の五十の賀《が》に先立つ試楽の場で一瞥《いちべつ》を加えられ、決定的に打ちのめされることとなったが、はたしてこの将来を嘱望《しょくぼう》された男の運命はいかに？　また、それをめぐる源氏の心理は？　その答えを見いだすために柏木巻を見てゆくこととしよう。

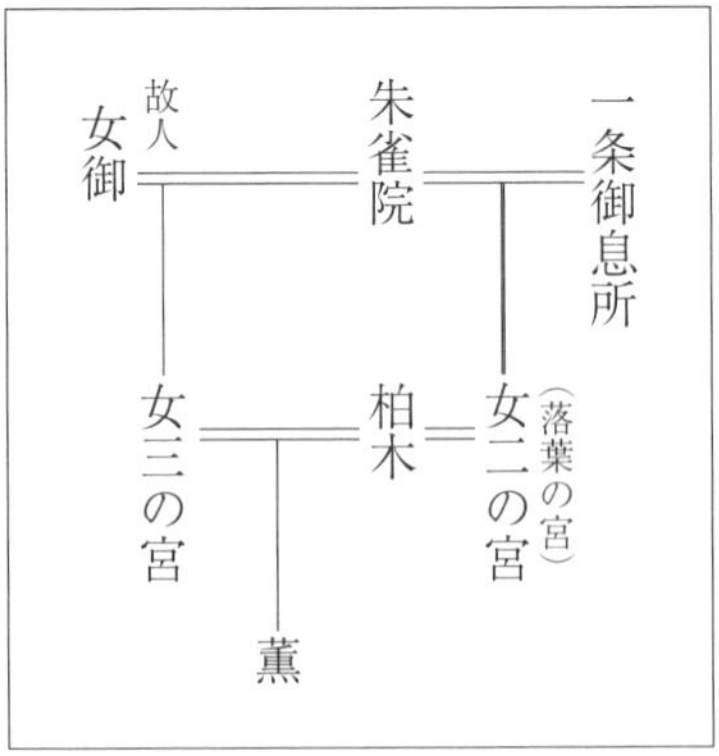

柏木の訴え・女三の宮からの手紙

新年になっていよいよ柏木は心身ともに絶望的な状態に陥る。これまでの生涯を反芻《はんすう》し、自分には死以外に選択肢がないと思いつめた彼は、心を落ち着かせて女三の宮のもとに次のような手紙を送った。

女三の宮の文　柏木

「今は限りになりにてはべるありさまは、おのづから聞こしめすやうもはべらんを、いかがなりぬるとだに御耳とどめさせたまはぬも、ことわりなれど、いとうくもはべるかな」

など聞こゆるに、いみじうわななければ、思ふこともみな書きさして、

「いまはとて燃えむ煙《けぶり》もむすぼほれ
　絶えぬ思ひのなほや残らむ

あはれとだにのたまはせよ。心のどめて、人やりならぬ闇《やみ》にまどはむ道

の光にもしはべらむ」と聞こえたまふ。（④二九一）

「今はもう最期となってしまいましたこの私の様子は、自然とあなた様（女三の宮）のお耳にも入っていましょうが、私がいまどのような状態かということをお気にとめてくださらないのは、無理もないこととはいえ、とても情けなく存じられます」などと申し上げるにつけても、ひどく手が震えるので、思っていることのすべては書きつづけられず、

（柏木）「もうこれが最期と燃えるわたしの荼毘《だび》の煙もくすぶってまっすぐに天にのぼってゆくことはできず、あなたへの諦め切れない思いはやはりこの世に残ることでしょう。

せめてかわいそうだとだけでもおっしゃってください。そのお言葉に気持ちを静め、すべては自分のせいでこのようなことになってしまったのですが、あなたのお言葉を私がこれからおもむくよみじを照らす光といたしましょう」と申し上げなさる。

＊

柏木は自分の現在の状態について女三《おんなさん》の宮《みや》もきっと知っているはずなのに、彼女から何の消息もないことを恨む。恋する人に相手にされない自分の境遇が情けないばかりであるが、それでもなお、女三の宮への思いを諦めきれず、わなわなと震える手で手紙を書き、彼女に送るのであった。右の場面で柏木は死後みずからが火葬され、煙になって空に立ちのぼる風景を想像し、荼毘《だび》の煙はくすぶり、あなたへの「思ひ」はこの世に残りつづけるだろうという。女三の宮に対する柏木の強

い執着がうかがえる歌だが、そこからさらに、柏木は女三の宮が自分に「あはれ」、なんと不憫《ふびん》な、との一言だけでもかけてくれるようにと願う。

このように自分の死を見つめながら、恋の相手に「あはれ」という一言を求めるほかない柏木であったが、女三の宮から柏木のもとには、「立ちそひて消えやしなましうきことを思ひみだるる煙《けぶり》くらべに」（④二九六）という歌が届いた。この歌は、「私こそ一緒に立ちのぼる煙となって消えてしまいたい」という意味である。この女三の宮の手紙を手にとった柏木は悲しく、また、もったいないことと思い、

行《ゆ》く方《へ》なき空の煙《けぶり》となりぬとも思ふあたりを立ちは離《はな》れじ
夕《ゆふべ》はわきてながめさせたまへ。咎《とが》めきこえさせたまはむ人目をも、今は心やすく思しなりて、かひなきあはれをだにも絶えずかけさせたまへ（④二九六）

と、再び彼女への返事を書く。「行方もない空の煙となったとしても、私の魂は愛しいあなたのそばを離れぬことだろう」――またもや自分の死後を幻視して女三の宮への思いを訴えるのであるが、ここで読者の皆さんも気づいたことだろう。柏木と女三の宮の間で交わされた三首の歌はすべて「煙」をめぐって詠《よ》まれていることに。女三の宮は、柏木の情熱が自分で自分を追い詰める結果となったのであり、私の方こそつらさのあまり死んで「煙」になってしまいたいとうたった。それに対して柏木は二度も「煙」という言葉を用いて女三の宮への愛執を語る。しかも、自分の死後のことまで考え、夕暮れになったら、自分が「煙」になって立ちのぼった空をながめ、いまさらかいのない

ことではあるが、せめて「あはれ」の思いだけでも抱いてほしいと願う。この時の柏木は息もとぎれとぎれで、横になったまま筆を休めがちにしてやっと女三の宮への手紙を書いたという。これほどまで女三《おんなさん》の宮《みや》からの「あはれ」の言葉を求めるのは、死に向かう柏木にとってはそれが唯一の救いに他ならないからであるが、しかし結局のところこうした柏木の哀切な思いが女三の宮に届くことはなかった。柏木と女三の宮のやりとりはこれで最後となったのである。

薫の出生と柏木の死

柏木が女三の宮への最後の手紙を送ったその日の暮れ方、女三の宮は産気づき、男の子を出産する。柏木と女三の宮の不義の子・薫《かおる》の誕生である。何も知らぬ周囲の人々は薫を光源氏の子と認識し、六条院では盛大な産養《うぶやしない》（出産後、三夜・五夜・七夜・九夜に行う祝いで、祝宴を催し、親戚や知人から衣服・食べ物などが贈られる）の儀式が行われる。そのさなか、ただ一人複雑な思いを噛みしめるのはいうまでもなく全てを知る光源氏であり、一方の女三の宮は夫である光源氏の冷淡さに絶望し、下山して六条院に来た父朱雀院に哀願して出家を果たしてしまう。その直後のことである。六条《ろくじょうの》御息所《みやすんどころ》の死霊が突如として現れ、女三の宮にとりついて宮を出家させてしまったのは彼女の死霊の仕業であったことが明らかになるのは——。光源氏は出家を許可したことを後悔するが、すべてはあとの祭であった。と同時に我が子の出生と女三の宮の出家を知った柏木は重態に陥り、泡の消えるようにその一生を終える。物語は、彼の死の報せを聞いた女三の宮の心情を次のように語る。

尼宮（女三の宮）は、おほけなき心もうたてのみ思されて、世にながかれとしも思さざりしを、かくなむと聞きたまふはさすがにいとあはれなりかし。（④三一九）

女三の宮は柏木の愛執《あいしゅう》をただただうとましく思ってきたが、亡くなったと聞いたら、さすがに深く哀憐の情が起こってきたという。まさに柏木は女三の宮の「あはれ」の一言を、自らの死と引き換えに得たのであった。

薫を抱く光源氏

一方、柏木の子を我が子として育ててゆくという過酷な運命をひきうけなければならない光源氏は、薫の五十日《いか》の祝いの日にその子を抱いて感慨にふける。

「あはれ、残り少なき世に生ひ出《お》づべき人にこそ」とて、（源氏が薫を）抱《いだ》きとりたまへば、いと心やすくうち笑《ゑ》みて、つぶつぶと肥《こ》えて白ううつくし。大将（夕霧）など児生《ちごお》ひほのかに思し出づるには似たまはず。（明石の）女御《にょうご》の御宮たち、はた、父帝の御方ざまに、王気《わうけ》づきて気高《けだか》うこそおはしませ、ことにすぐれてめでたうしもおはせず。この君（薫）、いとあてなるに添へて愛敬《あいぎやう》づき、まみのかをりて、笑がちなるなどをいとあはれと見たまふ。（略）（源氏は）ただ一《ひと》ところの御心の中《うち》にのみぞ、あはれ、はかなかりける人の契《ちぎ》りかなと見たまふに、おほかたの世の定めなさも思しつづけられて、涙のほろほろとこぼれぬるを、今日は事忌《ことい》みすべき日をとおし拭《のご》ひ隠したまふ。「静かに思ひて嗟《なげ》くに堪《た》へたり」とうち誦《ずう》じたまふ。五十八を十《とを》とり棄《す》てたる御齢《よはひ》なれど、末《すゑ》になりたる心地したまひて、いとものあはれに思さる。「汝《なんぢ》が爺《ちち》に」とも、諌《いさ》めまほしう思しけむかし。(④三二二〜三二四)

源氏は「ああ、残り少ないこの年になって、成長してゆくことになる人なのか」と言って薫を抱き取りなさると、若君（薫）はまったく人見知りせずににこにこしていて、ふっくらと肥えて色白でかわいらしい。大将（夕霧）などの幼い時の成長の様子を、かすかに思い出しなさると、それには似ていらっしゃらない。明石の女御の生んだ宮たちはまた、父帝の血筋で、王者の気品があって上品でいらっしゃるけれども、格別すぐれて美しくもいらっしゃらない。それに比べて薫は、とても気品があって愛敬もあり、目元がほんのりと美しくて、微笑みがちである。それを源氏はとても愛しいと御覧になった。（略）源氏はひとりひそかに「ああ、なんとあっけなかった柏木の運命よ」と思うにつけても世の無常を思わずにはいられない。涙がぽろぽろとこぼれてしまうのを、「今日という日に涙は禁物なのに」と、押し拭い隠しなさる。「静かに思えば、嘆くに値することである」と、源氏は白居易《はくきょい》の詩を口ずさみなさる。五十八で子をもうけた白居易とはちがって光源氏は十歳もお若いけれども、わが人生も晩年を迎えたお気持ちになられて、万感が胸に迫る。薫に対して光源氏は「あなたの父に似ることがないように」ともいましめたくお思いになったのであろう。

源氏は、「あはれ、残り少なき世に生ひ出づべき人にこそ」と、四十八歳になった自分の生涯が残り少ないことを実感しながら、人生の晩年に生まれてきた薫の成長を見届けることはできないだろうと嘆く。薫の姿は気品と愛敬《あいきょう》があって目元は美しく、それを見つめていると源氏はいとしさに胸が詰まる。やはりこの子は柏木によく似ているが、しかし、そのことに気づく人は誰もいない。ただ、源氏一人だけが、かくも美しい子を残してあまりにも早く先立ってしまった柏木の運命を思い、涙を流すのである。

＊

さて右の場面の後半部分は本書に何度も登場した中国の詩人、白居易《はくきょい》の「自嘲《じちょう》」という詩をふまえて描かれている。この詩は白居易が五十八歳の時、息子が生まれたことに関する感慨を歌ったもので、その詩は次のようにはじまる。「五十八翁《ごじふはちをう》方《まさ》に後有り、静かに思ひて喜ぶに堪《た》へ亦《ま》た嗟《なげ》くに堪へたり」―― 私は五十八歳になってはじめて男児をもうけた。そのことは静かに思えば、喜ぶに値することであるが、それと同時に十分に嘆かねばならないことでもある。そう言って白居易は我が息子の将来を老年の自分は見届けることができないだろうとため息をつく。白居易の詩の「喜ぶに堪へ」（子を持ったのはよろこばしいことだ）という表現を光源氏が口にすることがなかったのは、白居易父子と違って、薫が源氏の実の息子ではないためである。そして、つづいて「汝が爺《ちち》に」と口にしたのは同じ詩の「慎《つつし》んで頑愚《がんぐ》は汝が爺《ちち》に似ること勿《なか》れ」をふまえたもの。「決してお前の父である私に、頑固で愚かな点では似ないでおくれ」の意味である。ここで源氏は、薫に対して早世してしまった実父柏木に似てはならぬと願うのであり、この薫を抱く光源氏の姿は、国宝源氏物語

【柏木・横笛】

絵巻にも描かれ、ひろく知られている。

光源氏の自嘲と薫の将来

このように光源氏のせりふ「汝が爺《ちち》に（似ることなかれ）」は薫《あなた》のおろかな父・柏木の運命に似ることがないようにの意味であるとまずは理解できる。しかしそれが意味するのは、以上のような思いだけであろうか。この密通事件をめぐって精神的にもっとも大きなダメージを受けた人物はほからぬ源氏であった。自分の子として薫を受け入れるほかない源氏の心理を考えると、この「汝の爺に」というのは妻を奪われた義父、すなわち光源氏《わたし》に似てはならぬという意味にも捉えられる。白《はく》居易《きょい》の詩のタイトルが「自嘲」であることも、薫を我が子として抱かねばならぬ源氏の心情を代弁していると言えよう。

本書でふれることはできないが、この薫が、のちに、浮舟《うきふね》という自らの愛する女君を、匂宮《におうのみや》という他の男によって奪われてしまう運命をたどることは、実に皮肉なことである。そのような薫の運命が実父にも、柏木《かしわぎ》義父にも似るなという源氏《げんじ》この二重の表現によって予兆《よちょう》されているように思われるのである。

夕霧の恋の始まり・横笛の伝授

ここまで柏木の死と薫の誕生という生と死のドラマを中心に見てきたが、この柏木巻では、のちの物語のための重要な布石も用意されていた。それは死に際の柏木が夕霧に、妻である女二の宮の

夕霧の夢に現れた柏木

後を託したことに端を発する。実は女三《おんなさん》の宮《みや》に恋いこがれた柏木は、生前、朱雀院のもう一人の皇女、つまり女三の宮の姉にあたる女二の宮をめとっていた。当然と言うべきか、不幸なことと言うべきか、柏木はその妻・女二の宮に満足できなかったのであるが、死の直前に女二の宮の将来を案じた柏木は、その思いを親友の夕霧にうちあけたのだった。これを契機に夕霧は一条宮《いちじょうのみや》に暮らす女二の宮母子をしばしば見舞うことになる。そうしたある日（以下横笛巻）、夕霧が琵琶で「想夫《そうふ》恋《れん》」を弾き、御簾《みす》のなかでこれを聞いた女二の宮も感慨を抑えきれず、それに合わせて合奏するということがあった。一見なんでもないこの行為が、のちに予期せぬ波乱を呼び起こすことになるのであり、よりによって夕霧がこの日以来、女二の宮に興味を持ちはじめたのだ。

生前の柏木は女二の宮という妻を大切に扱ってはいたが、彼女に対して深い愛情を注いでいたわけではなかった。この女二の宮の異称である「落葉《おちば》の宮《みや》」は、柏木が女三の宮の代わりに女二の宮と結婚したことを悔《く》やむ和歌から名づけられた。実は夕霧は、柏木が女三の宮に好意を抱いていることに気づき、もしかすると二人の間には何かよからぬことがあったのではないか、それが柏木の死期をはやめたのではないかと疑ってもいた。しかし、夕霧はたしかな証拠をにぎっているわけではなく、夫・柏木に愛されず、一人残された女二の宮を不憫《ふびん》に思う、その心がやがて、恋の思いへとすりかわってゆくのである。

この「想夫恋」の演奏の場面では、その最後に一条御息所から柏木の遺愛の横笛が夕霧に託された。このエピソードから、この巻は横笛巻と名づけられたが、その夜、夕霧の夢に柏木が現れ、笛を伝えたい人は他にいると告げる。受け取った笛をどうしたものか、相談するために六条院を訪れた夕霧は、無邪気に遊んでいる薫を見てなんとなく柏木に似ていると思う。柏木の遺言を伝えつつ、源氏に探りを入れる夕霧であったが、源氏は笛は理由があって自分が預かるとし、夕霧の質問はさりげなく受け流されてしまった。

このように物語は源氏と薫、そして柏木の関係に決着をつける一方で、あらたに夕霧の物語を語りはじめる。幼な恋で結ばれた雲居雁《くもいのかり》と安定した家庭を築き上げ、六条院の観察者として、恋からはわが身を遠ざけていた誠実な男夕霧。その彼が親友の妻に恋するといういばらの道を歩むことになるのだが、その顚末《てんまつ》はどうなることか。それは源氏の女三の宮へ執着を描く鈴虫巻を経て夕霧巻において本格的に繰り広げられることになる。次のページからのダイジェスト6をつづけてどうぞ。

（金　静熙）

ダイジェスト6

鈴虫《すずむし》・夕霧《ゆうぎり》巻

夏、女三の宮の持仏《じぶつ》（自分の居堂に安置する仏）の開眼供養《かいげんくよう》が盛大に営まれた。仏具などの一切は光源氏が念入りに整え、紫の上も法服などの準備に力を合わせた。こうして女三の宮の出家生活が本格的にはじまったのだが、光源氏はいまになって女三の宮への未練を捨てきれず、複雑な心境を抱く。

八月十五夜、蛍宮《ほたるみや》（光源氏の弟）や夕霧らが光源氏邸を来訪し、宴となる。琴の合奏が行われるにつけても、管絃の遊びに秀でていた柏木が偲《しの》ばれる。そこへ冷泉院からの消息があり、一同はそのまま院の御所に参上する。准太上天皇《じゅんだじょうてんのう》の立場をおしての光源氏の訪問に、冷泉院は驚喜する。光源氏は、三人の子どもの中でもとりわけこの冷泉院には、特別な思いを抱かずにはいられない。

久々に光源氏と対面した秋好中宮《あきこのむちゅうぐう》（もとの斎宮《さいぐう》の女御《にょうご》）は、出家の意向を打ち明けた。妄執に苦しんでいるという母六条御息所《ろくじょうのみやすんどころ》を救済したいとの思いからである。けれども光源氏はそれを制止し、秋好中宮自身も出家を遂げきれず、ただ母への追善供養を営むのであった。（鈴虫）

ところで、柏木の妻であった女二の宮、いわゆる落葉《おちば》の宮《みや》に対する夕霧の恋心は、つのる一方である。落葉の宮が母の療養のために山荘に移住すると、早速訪問した夕霧は、拒絶する宮に恋心を訴えつつ一夜を明かす。夕霧の朝帰りを聞き知った落葉の宮の母（一条御息所《いちじょうのみやすんどころ》）はこれを憂慮し、その真情を確かめるべく夕霧に手紙を送る。ところがこの手紙は、夕霧の妻である雲居《くもい》の雁《かり》の嫉妬により奪われてしまう。返答すらないことに絶望した一条御息所はそのまま急逝し、これにより落葉の宮は夕霧に対してますます心を閉ざす。

この顚末を聞いた光源氏は心を痛め、また紫の上は、自由に生きられない女性の哀しみをかみしめる。落葉の宮は出家を願うがそれも叶わず、結局、母を亡くした未亡人という後ろ盾のない立場では、強引に迫る夕霧の妻になるより他なかったのであった。（夕霧）

（青島　麻子）

＊クイズ⑤〈どの巻の絵でしょう？　これは簡単ですね。今までと画家が違います〉⇓答え198頁

12 御法《みのり》・幻《まぼろし》巻――紫の上と光源氏の退場

死期が迫る紫の上

若菜《わかな》下巻での発病から四年、四十三歳になった紫の上はめっきり衰弱してしまっていた。月日を重ねるにつれていよいよ弱々しくなっていくその様子に、光源氏の嘆きは深い。

紫の上は、せめてこの世に生き長らえている間は来世への功徳《くどく》を積みたいと、かねてからの望みであった出家を願いつづけるのだが、光源氏は決して許そうとしない。彼自身、若い時分より出家の志を抱きつづけてきたのであるが、様々な絆《ほだし》によって俗世に引き留められてきた。ならばこれを機に、紫の上とともに出家してしまおうかとの考えも脳裏に浮かぶが、自身が前々から抱いていた厳しい出家観により、それもかなわない。

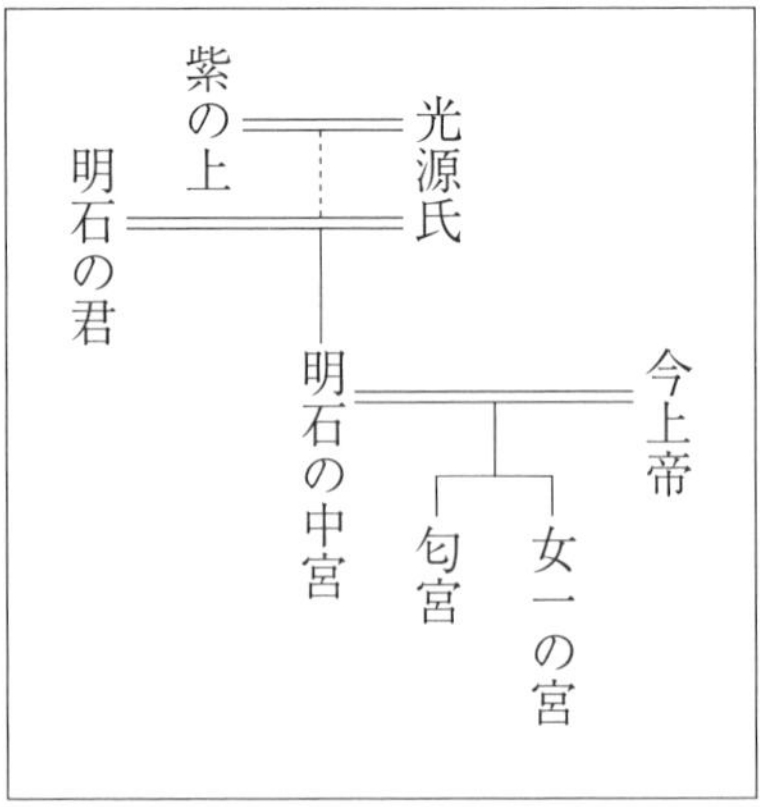

光源氏の理想とする出家とは、ひとたび出家をしたならば、俗世の因縁《いんねん》は全て断ち切るというものであった。従って、ともに出家したとしてもその住まいは隔《へだ》てられ、再びの対面はあり得ない。

光源氏は、病篤《あつ》い紫の上を見捨てがたいと躊躇《ちゅうちょ》し、一方の紫の上にとっても、彼を振り切って出家を決行するのは不本意なことであった。

お互いがお互いのことを思いやりつつも、そうであるがゆえに相手への執着を捨て去ることができない二人の関係性を語るところから、御法《みのり》巻ははじまる。はたして光源氏と紫の上は、どのような人生の結末を迎えるのであろうか。

法華経供養　紫の上の悲願

法華経千部供養

春も盛りの三月、紫の上は、法華《ほけ》経千《きょうせん》部《ぶ》供養《くよう》という大がかりな法会《ほうえ》を催す。次に掲げるのは、その壮麗さが記された場面である。

（紫の上は）年ごろ、私《わたくし》の御願《ぐわん》にて書かせたてまつりたまひける法華経千部、急ぎて供養《くやう》じたまふ。わが御殿《との》と思す二条院にてぞしたまひける。七僧《しちそう》の法服《ほふぶく》など品々《しなじな》賜《たまは》す。物の色、縫目《ぬひめ》よりはじめて、きよらなること限りなし。おほかた、何ごとも、いと厳《いか》めしきわざどもをせられたり。（紫の上が）ことごとしきさまにも聞こえたまはざりければ、（光源氏も）くはしきことどもも知らせたまはざりけるに、（紫の上の）女の御おきてにてはいたり深く、仏の道にさへ通ひたまひける御心のほどなどを、院（光源氏）はいと限りなしと見たてまつりたまひて、ただ大方《おほかた》の御しつらひ、何かのことばかりをなん営《いとな》ませたまひける。楽人《がくにん》、舞人《まひびと》などのことは、大将の君（夕霧）、とりわきて仕うまつりたまふ。

内裏《うち》、東宮《とうぐう》、后《きさい》の宮たちをはじめたてまつりて、御方々《かたがた》（六条院《ろくじょういん》の女君たち）、ここかしこに御誦経《みずきやう》、捧物《ほうもち》などばかりのことをうちしたまふだに所狭《ところせ》きに、まして、そのころ、この御いそぎを仕うまつらぬ所なければ、いとこちたきことどもあり。いつのほどに、いとかくいろいろ思しまうけけん、げに、石上《いそのかみ》の世々経《へ》たる御願《ぐわん》にやとぞ見えたる。（④四九五）

紫の上は、長年、個人的な発願《ほつがん》としてお書かせ申していらっしゃった法華経千部を、急いで供養なさる。それはご自分の邸宅と思っていらっしゃる二条院で催されたのだった。七僧（法会で重要な役を勤める七人の僧のこと）の法服などは、それぞれの身分に応じてお与えになるが、その色合いや仕立て方をはじめとして、美麗であることこの上ない。全て何もかも、大変荘厳な儀式であった。紫の上が大がかりな法会であるとも伝えていなかったので、光源氏もその準

備運営について詳しく教えることはなかったのに、女ながらに見事な采配ぶりであった。光源氏は、仏道にまでも精通している紫の上の心得をこの上なく素晴らしいと感心なさって、ただ一通りの装飾やら何やらのみをお世話なさったのだった。奉納する舞楽の演者のことは、夕霧が特にご奉仕なさった。

帝、東宮、中宮（明石の女御。かつての明石の姫君）たちをはじめとして、六条院の女君たちなどが、そこかしこで誦経僧《ずきょうそう》への御布施《ふせ》や御供物《くもつ》などの用意をなさるだけでも、足の踏み場もないほどである。ましてやその頃は、この法会の準備に奉仕しない方はいないほどであったので、本当に仰々しいことが数々ある。紫の上は、いつの間に、これほどのご用意をなさったのであろうか、やはり昔からの発願であったのかと察せられた。

*

【御法・幻】

そもそも紫の上の催した法華経千部供養とは、どのようなものなのか。仏教の中でも主要なお経である法華経は、女性の成仏《じょうぶつ》を説くことでその支持を集めた。その分量は全部で八巻二十八品《ほん》（「品」とは「章」のこと）より成り、全六万九千三百八十四字にも及ぶ（中世の百科事典ともいうべき『拾芥《しゅうがい》抄《しょう》』の計算による）。これを千部用意して仏前に供《そな》える法会が、法華経千部供養である。

これがどれほど大変なことか、想像してほしい。例えば『栄花物語』によれば、妍子《けんし》（藤原道長《ふじわらのみちなが》の娘で三条《さんじょう》天皇の中宮）の女房らが法華経一部を書写し（当然、手書きである）、それを七宝で飾り立てて美麗な経巻として完成させるのに、三十人で分担しても十日余りの時間を費やしている（もとのしづく巻）。これを千部作製するとなると、数年がかりの作業となり、完成までにかなりの人手と費用を必要としたであろう。発病以降、物語の表舞台に現れることは少なくなった紫の上が、この数年来、いかに真摯《しんし》に仏道に向き合ってきたかがうかがわれるところであり、「石上《いそのかみ》の世々経《へ》たる御願《ぐわん》」——古くからの御発願、と記されるのももっともなことであった。このように長きにわたって作製してきた法華経を、紫の上は「急ぎて」供養する。自身に残された時間が少ないことを悟っているのである。

しかもこの法会の準備に光源氏はほとんど関わることがなかったという。つまり紫の上は、自身の力のみでこの儀式全般を取り計らったのである。次々と出家を遂げていく女君たちをうらやみ、一途に出家を願い続けてきた紫の上の仏道への深い知識に、光源氏も舌を巻く。

加えて、彼女の人望も見逃せない。紫の上は、今や中宮となった明石の姫君の養母である。それゆえ、明石の中宮はもちろんのこと、その夫にあたる今上帝《きんじょう》、明石の中宮が生んだ東宮、さらには冷泉院の中宮である秋好中宮《あきこのむちゅうぐう》（かつての斎宮の女御《さいぐうのにょうご》）からも御布施や御供物が供される。また、義理の息子にあたる夕霧、花散里や明石の君などの六条院に住まう女君たちも、我も我もと積極的に奉仕する。これまで紫の上が築き上げてきた人間関係が見て取れるところであろう。

ここまで物語を読み進めてきた読者にとっても、孤児同然で光源氏に引き取られた少女が、このような荘厳な法会を営むまでになったことに、感慨もひとしおであろう。自らの力のみでここまで歩んできた紫の上の卓越さがあらためて確認される、まさにその集大成とも言うべき催しであった。

紫の上の臨終

紫の上のさいご　涙にくれる女たち

夏になると、その暑さが紫の上の身にはいっそうこたえる。ますます衰弱する彼女を見舞うため、明石の中宮が宮中から退出してきた。中宮の外出は「行啓《ぎょうけい》」と呼ばれ、しかるべき儀式次第が定められたものであったが、わざわざの行啓がなされるほどの紫の上の病状であり、なおかつ両者の強い絆《きずな》が見て取れるところである。

待ちつけた秋が訪れても、紫の上の容体は思わしくない。宮中への帰還の時が近づいた明石の中宮は、その病室に赴《おもむ》く。これは中宮としては異例の行為なのだが、奇《く》しくもこの対面が紫の上終焉の時と重なったのであった。以下、紫の上が光源氏と明石の中宮と最後の歌を交わす場面を鑑賞してみよう。

風、すごく吹き出でたる夕暮に、（紫の上は）**前栽《せんざい》見たまふとて、脇息《けふそく》に寄り居たまへるを、院**（光源氏）**渡りて見たてまつりたまひて、「今日は、いとよく起き居たまふめるは。この**（明石の中宮の）**御前《おまへ》にては、こよなく御心も晴れ晴れしげなめりかし」と聞こえたまふ。かばかりの隙《ひま》あるを**

もいとうれしと思ひきこえたまへる（光源氏の）御気色を見たまふも（紫の上には）心苦しく、つひにいかに思し騒がんと思ふに、あはれなれば、（④五〇四）

荒涼とした風が吹き始めた夕暮時、紫の上は前栽《せんざい》（庭の草木のこと）を御覧になろうとして、脇息《きょうそく》（肘《ひじ》をのせて身をもたれさせる道具のこと）に寄りかかり身体を起こしていらっしゃった。そこへ光源氏がおいでになって、この様子を御覧になり、「今日は、とても調子よく起き上がっていらっしゃるのですね。やはりこの中宮の前では、ご気分も格別に晴れやかになるようですね」と喜んでいらっしゃる。自分が多少身を起こした程度でもまことに嬉しくお思いになっている光源氏のご様子を見るにつけ、紫の上は心が痛む。いよいよ永別の時となったら光源氏はどれほどお嘆きになることかと思うと、しみじみと悲しい気持ちになり、

＊

風にたなびく秋草と、涙をぬぐう三人の姿——国宝源氏物語絵巻にも描かれる有名な一コマである。

この場面において紫の上は「脇息《けふそく》に寄り居たまへる」、ひじかけにもたれかかることで辛うじて身を起こしていた。春の法会の折には何とか一日起きていることができ、夏の明石の中宮の退出の際には、その御座所まで赴くことができた紫の上だが、もはや中宮の居室に参上する体力は残っておらず、起き上がっていることができる時間も確実に短くなっていた。しかし光源氏は、日頃臥《ふ》せっている紫の上がつかの間身を起こしているだけでもとても嬉しく思う。そんな彼の姿が紫の上には

【御法・幻】

いたわしく、「あはれ」の念を押さえることができない。つづけて人々のあいだに交わされた歌をみてみよう。

（紫の上）おくと見るほどぞはかなきともすれば風にみだるる萩《はぎ》の上露《うはつゆ》

げにぞ、折れかへりとまるべうもあらぬ、よそへられたる折さへ忍びがたきを、見出だしたまひても、

（光源氏）ややもせば消えをあらそふ露の世に後《おく》れ先立つほど経《へ》ずもがな

とて、御涙を払ひあへたまはず。宮、

（明石の中宮）秋風にしばしとまらぬ露の世を誰《たれ》か草葉の上とのみ見ん

と聞こえかはしたまふ御容貌《かたち》どもあらまほしく、見るかひあるにつけても、（光源氏は）かくて千年《ちとせ》を過ぐすわざもがなと思さるれど、心にかなはぬことなれば、かけとめん方《かた》なきぞ悲しかりける。（④五〇五）

（紫の上）起き上がっていると見えるのも、ほんのわずかの間のことです。この私の命は、ともすれば吹く風に乱れ散ってしまう、萩の上に置いた露のようなものですから。

確かに、萩の枝は風に吹かれて折れ曲がり、その上に置く露は留まってはいられず今にも散り落ちそうである。光源氏は、そのはかない露によそえられる紫の上の命を思うと耐えきれず、庭先を眺めやり、紫の上の和歌に応える。

（光源氏）どうかすると先を争って消えてゆく露のようなこの世ですが、私たちは常に一緒

――互いに、死に後《おく》れたり先立ったりすることのないようにしたいものです。

こう詠む光源氏は、ぬぐいきれないほどの涙をお流しになっている。さらに明石の中宮が唱和する。

秋風に吹かれて、わずかの間も留まることができない露のようなこの世を、一体誰が草葉の上のことだけと見るでしょうか。――はかない世という点では私どもも皆同じことです。

こうして歌を詠み交わしなさる方々のご器量は理想的で、見る価値のあるものである。光源氏は、「こうして千年も過ごしたいものだ」と、この美しい団欒《まどい》の場を永遠に留めておきたく思われるのだが、しかしそれはしょせん叶《かな》わぬこと。消えゆく命を引き留める術《すべ》がないのは、悲しいことであった。

＊

紫の上の詠歌《えいか》では、「おく」に、自分が「起く」意と、露が「置く」意を掛けている。私が起き上がっていられるのも、風に吹かれるこの萩の上の露が置いていると見るほどの間ですと、はかない「露」に自らの命のほどをたとえる紫の上。それに対して光源氏は、紫の上がわが命のこととして詠んだ「露」の語を、「露の世」と言い換える。この世は「露」のごとくはかないけれども、私たち二人は死ぬときも一緒だと、紫の上への強い愛情を歌うのである。最後に明石の中宮が、この世を「露の世」とする光源氏の歌を踏まえつつも、「萩《はぎ》の上露《うはつゆ》」に自身をたとえた紫の上の心をも受け止める。草葉の上の「露」のような存在であるのは、この世に生きる私たち全て同様ですよと、人間一般の無常さへと広げ、一人先立とうとしている紫の上を慰めるのであった。

【御法・幻】

　実はこの「露」をめぐる一連のやりとりは、かつて若菜下巻において光源氏と紫の上が詠み交わした和歌と似通っている。それはこのような場面であった。――発病し、一時は危篤状態にまで陥った紫の上が小康《しょうこう》を得たことを、光源氏はことのほか喜ぶ。季節は夏、庭の池の蓮《はちす》に玉のような露が置いている。自身の病状に真剣に一喜一憂する光源氏を「あはれ」と思う紫の上は、自らの命をその露によそえて歌を詠み（若菜巻の章）、それに対して光源氏の返歌《へんか》では、私たちは一蓮托生《いちれんたくしょう》、死後も極楽浄土で同じ蓮の上に生まれ変わりましょうと、紫の上への深い愛を表明するのであった。

　この若菜下巻の歌のやりとりと、いま鑑賞している御法巻の「露」に関する贈答とはとてもよく似ているので、読者の中には、紫の上の臨終を語る重要な場面が、なぜ若菜下巻の二番煎じのようになっているのかと思った人もいるかもしれない。しかしこれは単なる二番煎じではなく、むしろこのような類似によって、両場面の違いが際立つしかけになっていることに注意したい。最大の違いは、光源氏と紫の上の二人きりの場面であった若菜下巻に対して、この御法巻では明石の中宮が加わっている点である。紫の上の死の予感とともに進展するこの御法巻では、「あはれ」という彼女の感慨がたびたび記されていた。ただしその「あはれ」の情は、光源氏のみに向けられているわけではない。花散里や明石の君といった、長年張り合いつつも「情《なさ》け」を交わしてきた女君たち、明石の中宮が生んだ女一の宮や匂宮《におうのみや》といった生い先遠い孫たち、さらには法会に参集した、日頃はさして目を留めることのなかったような人々までをも、「あはれ」と愛惜《あいせき》せずにはいられない。そのような紫の上の心境を考慮に入れるとき、彼女の最後の場面が、光源氏との夫婦関係のみに閉ざされていないことは、非常に大きな意味を持つのであろう。

自らの命を「露」に例えたこの唱和の直後、紫の上は「まことに消えゆく露の心地」で「消えはて」る。愛育した明石の中宮に手を取られての最期であった。

紫の上を哀悼《あいとう》する光源氏

紫の上は八月十四日に永眠し、翌十五日に荼毘《だび》に付《ふ》された。悲嘆の底にいる光源氏は、この悲しさに紛《まぎ》れ、かねてから志していた出家を遂げてしまおうとも思うが、やはり衝動的な出家はできかねる。これほど取り乱した状態では、念願の仏の道にも入ることはできないと、ひたすら勤行《ごんぎょう》に明け暮れ、何とかこの「心惑ひ」をおさめようとするのであった。

新年を迎えても、その悲しみはあらたまることがない。光源氏の物語最後の巻となる幻《まぼろし》巻は、その五十二歳の正月から十二月までの一年を描く。物語には、もはや何の事件も起こらない。ただ、傷心に耐えて平静を取り戻そうとし、出家の思いを次第に深めてゆく光源氏の姿が、めぐりゆく季節と彼の和歌に即して語られるのみである。

新春、人々が年賀に参集するが、光源氏は弟の蛍宮《ほたるみや》以外とは対面せず、春をことのほか愛した人の不在を嘆く。春寒の頃、女房たちを相手に紫の上を偲《しの》び、彼女を嘆かせた過去を悔《く》やむ。やがて紫の上が愛した紅梅が咲き、桜の花が開く。女三の宮や明石の君のもとを訪れても、かえって何事にも優れていた紫の上のことが想起されるばかりである。

夏になり、花散里から衣替えの装束が届けられた。葵祭《あおいまつり》の賑わいをよそのことと聞き、五月雨《さみだれ》の頃、時鳥《ほととぎす》の声に夕霧と故人を追想する。盛夏の折、池の蓮《はちす》や夕暮れの蜩《ひぐらし》、蛍につけても、追慕の情が沸き起こる。

秋が訪れ七夕が過ぎ、紫の上の一周忌となった。彼女を失い、よくぞ今日まで生きてこられたことよとの念を光源氏はかみしめる。九月九日の重陽《ちょうよう》の節も過ぎた。

冬がやって来る。時雨《しぐれ》がちな十月、空を渡る雁《かり》を目にして、光源氏は一人和歌を詠む。


大空をかよふまぼろし夢にだに見えこぬ魂《たま》の行《ゆ》く方《へ》たづねよ（④五四五）

当巻「幻」の巻名の由来ともなった和歌である。「まぼろし」とは幻術を使う方士《ほうし》のこと。光源氏は、異界の使者とも言われる雁から、大空を自在に飛《と》び交《か》い死者の魂と交流できるという幻術士《げんじゅつし》を想起したのである。そして現実には存在しない幻術士に、「夢の中にすら出てきてはくれないあの人の魂の行方を探し出しておくれ」と空しく訴える。

実はこの歌は、遠く桐壺巻において、桐壺更衣を失った桐壺帝が詠んだ次の和歌（桐壺巻の章）と呼応しているのであった。


たづねゆくまぼろしもがなつてにても魂《たま》のありかをそこと知るべく（①三五）

かつて桐壺帝は、「亡き人の魂を尋ね当てる幻術士がいてほしいものだ、人伝《づ》てにでも、あの人の魂のありかがそこだと知ることができるように」と悲嘆にくれた。桐壺帝も光源氏も、ともに最愛の女性の死に打ちひしがれ、その魂を探し出すことができる幻術士を願い求めた。いずれの和歌も、唐の詩人白居易《はくきょい》の漢詩『長恨歌《ちょうごんか》』に語られる、楊貴妃《ようきひ》の死を悲しむ玄宗《げんそう》皇帝のために、幻術士が彼

【御法・幻】

女の魂を探し出したというエピソードを下敷きとしている。『源氏物語』において「まぼろし」の語が用いられるのはこの二例のみだが、もちろんこの一致は偶然ではない。桐壺帝と桐壺更衣の悲恋を背負って幕開けした光源氏の物語は、そのとじ目に至って再び『長恨歌』に回帰したのである。
十一月の五節《ごせち》も過ぎ、いよいよ年も暮れつつある。今年一年をこうして耐え忍んできたのだからと、光源氏は、ついに俗世を捨て去る時が近づいたことを覚悟する。

光源氏の退場・文《ふみ》を焼く

身辺を整理する光源氏は、かつて須磨の別れの際に交わし合った紫の上の手紙を見いだす。それは、たった今書かれたかのように墨つきも鮮やかで、千年も後までの形見になりそうであった。けれども光源氏は、もはやこうしたものを見ることはあるまいと、気心の知れた女房に命じて、目前でその手紙を処分させる。これは、紫の上を追慕しつつ一年を過ごしてきた光源氏がたどりついた、一つの終着点とも言うべきエピソードである。最後にこの場面を取り上げてみたい。

いと、かからぬほどのことにてだに、過ぎにし人の跡《あと》と見るはあはれなるを、ましていとどかきくらし、それとも見分かれぬまで降りおつる（光源氏の）御涙の水茎《みづくき》に流れ添ふを、人（女房たち）もあまり心弱しと見たてまつるべきがかたはらいたうはしたなければ、（手紙を）おしやりたまひて、

【御法・幻】

（光源氏）死出《しで》の山越えにし人を慕ふとて跡を見つつもなほ惑《まど》ふかな

さぶらふ人々も、（手紙を）まほにはえひきひろげねど、それとほのぼの見ゆるに、心惑《まど》ひどもおろかならず。この世ながら遠からぬ御別れのほどを、（紫の上が）いみじと思しけるままに書いたまへる言の葉、げにその折よりもせきあへぬ悲しさやらんかたなし。いとうたて、いま一際《ひときは》の御心まどひも、女々《めめ》しく人わるくなりぬべければ、よくも見たまはで、（紫の上が）こまやかに書きたまへるかたはらに、

（光源氏）かきつめて見るもかひなし藻塩草《もしほぐさ》おなじ雲居《くもゐ》の煙《けぶり》とをなれ

と書きつけて、みな焼かせたまひつ。（④五四七）

今回ほどの場合でなくても、亡くなった人の筆跡を目にすると感慨もひとしおであるものだが、まして紫の上の手紙ともなれば、光源氏の心はいっそう悲しみにくれる。降り落ちる光源氏の涙が、紫の上の水茎の跡（筆跡のこと）に流れ添い、文字も何も見分けることのできないほどであるが、女房たちにあまりに気弱だと見られるのも決まり悪く見苦しいので、光源氏は手紙を脇に押しやった。

死出の山を越えていったあの人の後を慕って行こうとして、その筆跡を見ながらやはり途方にくれていることよ。

お側の女房たちも、その手紙をあらわに広げることもできないが、紫の上からのものらしいとはおぼろげに察せられるので、言いようもなく心をかき乱されている。須磨と都という、同じ

この世のさほど遠くない別れにもかかわらず、ひどく悲しいと思ったそのお気持ちのままにお書きになった紫の上からの手紙。これを御覧になる光源氏には、その当時にもましてこらえきれない悲しみを慰めようもない。実に情けなく、これ以上取り乱しては、女々しく見苦しくなってしまいそうなので、手紙をよく御覧になることもなさらない。亡き人が細《こま》やかにしたためたその脇に、

かき集めて見たところで、何の甲斐もないことよ。この藻塩草（海藻のこと。ここでは紫の上の手紙の比喩）よ、亡き人と同じ空の煙となるがよい。

と書きつけて、全て焼かせておしまいになった。

＊

亡き人の手跡は、生前の面影を眼前に蘇らせる。ましてや写真などもない時代である。あの当時、これ以上の悲しみはないと思われた須磨と都の生き別れであったが、今や紫の上を永遠に失った。光源氏はその手紙を目にして、あふれる涙を抑えることができない。

光源氏は最初の和歌で、「なほ惑ふ」と述べている。「心惑ひ」をおさめようとして過ごしてきた一年の哀傷の日々を経てもなお、その「惑ひ」は消えないというのだ。けれども彼は、その手紙をじっくり読み返すこともなく、焼かせてしまうのであった。「同じ雲居の煙とをなれ」と。――紫の上と同じく雲居はるかに上っていけ、と歌ったところで、光源氏の気持ちにも何かしらの区切りがつけられたのであろう。その証《あかし》に、彼が紫の上を追慕して涙を見せる記述は、この場面が最後となる。

【御法・幻】

陰暦の十二月、一年の罪業を懺悔《ざんげ》する仏名《ぶつみょう》の日。紫の上の死以来、御簾《みす》の向こうに引きこもり、もっぱら外部との接触を断ってきた光源氏は、その日初めて人々の前に姿を現した。その容姿は、「昔の御光にもまた多く添ひて」(④五五〇)、往時にまして一段と光り輝くような美しさであったという。光源氏は、涙に暮れた日々と訣別し、いっそうの光をたたえた姿を最後に人々の目に焼きつけたのだった。

大晦日となった。俗人としてのわが人生も今日で終わりであるという、光源氏最後の歌が記されたところで、幻巻は幕を閉じる。後の宿木《やどりぎ》巻の記述によって、光源氏は出家の後、嵯峨野の御堂で二、三年を過ごして亡くなったことが知られるが、物語はその出家も死も直接語ることをしない。比類なき栄華と、同時に比類なき憂愁を抱え込んだ偉大なる主人公は、ここに退場する。

(青島　麻子)

◆物語は、光源氏なきあとの世界、宇治十帖へとつづく——

尾形月耕画「浮舟巻」

コラム　たのしい『源氏絵』の世界

『源氏物語』の絵画化はかなり早い時期から行なわれ、ふるいものとしては五島《ごとう》美術館・徳川美術館に所蔵される国宝源氏物語絵巻が有名である。作成は平安朝末期にさかのぼるが、今日残るのは横笛《よこぶえ》巻や東屋《あずまや》巻など、そのごく一部に過ぎない。西暦二〇〇〇年に発行された二千円紙幣の裏面に印刷されたのが、この国宝源氏物語絵巻鈴虫《すずむし》巻の図であったことも記憶に新しい。

このように『源氏物語』の絵というと、国宝源氏物語絵巻が何より有名であるが、他にもさまざまな絵師や画家たちが、この物語の絵画化に挑戦してきた。本書では、各章に江戸時代に出版された「絵入源氏物語」の挿絵を掲載した。

この書は、江戸時代初期に、山本春正《やまもとしゅんしょう》（一六一〇年—一六八二年）によってつくられ、全体に二二〇枚ほどの絵が挿入されている。本書の絵は、東京大学国文研究室所蔵本から採ったが、すべての絵が御覧になりたいむきには、ネット上に所蔵本を公開している大学図書館もあるので、そうしたものをのぞいてみるのもよい。

他にも紹介したい『源氏物語』の絵は、じつはたくさんあるのだが、本書では何点か、明治に活躍した尾形月耕《おがたげっこう》（一八五九—一九二〇年）の絵を、本書の内容の確認をかねて、クイズ形式で掲載した。実際のものは「絵入源氏物語」とは異なってカラーであり（本書のカバーを御覧下さい）、その色彩も含めてなんとも魅力的な作品だから、機会があれば、ぜひ実物を御覧いただきたいと思う。

＊本書に挿入された絵の答え合わせ

クイズ①須磨巻―松に舟の海浜風景。源氏の憂愁が髣髴《ほうふつ》としますね。これは簡単でした。

クイズ②蓬生巻―荒廃した屋敷を訪れた源氏と言えば…。蓬などの下草を払う従者がヒントになります。

クイズ③松風巻―川に面した住まいで愁いをたたえた二人の女性。明石の尼君がわかりやすいでしょう。薄雲巻と答えてしまう人がいるかもしれません。

クイズ④胡蝶巻―胡蝶の童舞に、後方には竜頭鷁《りょうとうげき》首《しゅ》（鷁は想像上の鳥）の舟が見えます。華麗なる六条院の四季の一コマです。

クイズ⑤若菜上巻―これのみ、月耕の同時代の人で、彼よりやや先輩の楊洲周延《ようしゅうちかのぶ》（一八三八―一九一二年）の作。猫も蹴鞠もはっきり描かれていますから、これもわかりやすかったですね。

【主要人物紹介】

＊『源氏物語』の主要人物について項目立てて解説し、本書の登場箇所を示したものである。
＊説明文中、太字の人物に関しては当該人物の項目も参照のこと。
＊作成においては鈴木倫世・室田知香の協力を得た。

【あ行】

葵の上
父は**左大臣**、母は**大宮**。子に、**光源氏**との間にもうけた**夕霧**がいる。**六条御息所**の生霊に苦しめられ、夕霧誕生と同時に死去。［本書では1章にはじめて登場し、以下4章にも。］

明石の君
父は、**明石の入道**。母は、明石の尼君。**光源氏**が流離した際に結ばれ、光源氏唯一の女子（**明石の姫君**）をもうける。［本書では5章にはじめて登場し、以下6章、7章、9章、12章にも。］

明石の入道
父は大臣であったが、自らは播磨の守に身を落とした。妻は明石の尼君。子に**明石の君**がいる。［本書では5章に登場する。］

明石の姫君
父は、**光源氏**。母は、**明石の君**。明石の地で生まれたが、後に上京し、大堰に住んだ後、光源氏の二条院にうつる。以後、**紫の上**を母として育つ。東宮に入内し、女御、中宮となる。［本書では5章にはじめて登場し、以下7章、9章、12章にも。］

朝顔の姫君
父は、桃園式部卿の宮（桐壺帝の弟）。賀茂の斎院をつとめた。［本書では7章にはじめて登場し、以下9章にも。］

右大臣
子に**弘徽殿女御**、**朧月夜**がいる。光源氏の舅である**左大臣**と対立し、弘徽殿女御とともに光源氏の失脚をはかる。孫にあたる**朱雀帝**を後見した。［本書では3章にはじめて登場し、以下4章、5章にも。］

空蟬
もとは**桐壺帝**への入内さえ考えられていたが、父を失い、家が没落。伊予介の後妻におさまる。**光源氏**と一夜の契りを結んだものの、以後、その関係を拒んだ。［本書では、ダイジェスト1にはじめて登場し、以下ダイジェスト4にも。］

大宮
桐壺帝とは同母のきょうだい。夫は、**左大臣**。子に**頭中将**、**葵の上**がいる。母を失った**夕霧**の祖母として養育につとめた。［本書では8章にはじめて登場し、以下9章にも。］

落葉の宮
父は、**朱雀帝**。母は、一条御息所。**柏木**と結婚するが、柏木は死去。柏木の友人であった**夕霧**が通ってくるようになり、不本意ではあったものの結ばれることとなる。［本書では8章にはじめて登場し、以下11章にも。］

朧月夜
父は**右大臣**。姉に**弘徽殿女御**がいる。**朱雀帝**に入内が予定されていたものの、**光源氏**と関係を持ち、弘徽殿女御らの怒りを買う。［本書では3章にはじめて登場し、以下4章、5章、9章にも。］

女三の宮
朱雀帝の第三皇女。幼くして母を失ったため、朱雀帝に溺愛され、父が出家の後は、**光源氏**の六条院に迎えられる。**柏木**との密通によって、薫を生むが、後に出家。［本書では10章にはじめて登場し、以下11章にも。］

【か行】

柏木
父は、**頭中将**。将来を期待された貴公子であったが、六条院の蹴鞠の折に、**女三の宮**を垣間見し、やがて密通。女三の宮との間にもうけた子に**薫**がいる。妻であった**落葉の宮**を残して、死去。［本書では10章にはじめて登場し、以下11章にも。］

桐壺更衣
父は、大納言。父の死後、**桐壺帝**に入内し、**光源氏**をもうけるが、源氏が三歳の時に死去。［本書では1章にはじめて登場する。］

桐壺帝
光源氏の父。皇妃に**弘徽殿女御**、**桐壺更衣**、**藤壺**などがいる。子に、**朱雀帝**、**光源氏**が

いる。[本書では1章にはじめて登場し、以下3章、4章、5章、9章にも。]

雲居雁
父は、**頭中将**。**夕霧**とはいとこの関係で、苦労の末、幼恋を実らせる。[本書では8章にはじめて登場し、以下9章にも。]

弘徽殿女御
父は**右大臣**。いちはやく**桐壺帝**に入内。後に入内してきた**桐壺更衣**や**藤壺**に圧倒されたこともあったが、第一皇子である**朱雀帝**の生母として後宮に重きをなした。**光源氏**を陥れるべくさまざまに画策。[本書では1章にはじめて登場し、以下3章、4章、5章にも。]

【さ行】
斎宮の女御
父は、亡き東宮。母は**六条御息所**。伊勢の斎宮をつとめ、それを退いて後、**光源氏**に後見されて、**冷泉帝**に入内。薄雲巻で光源氏から春と秋、どちらに心ひかれるかと問われた際に、秋を選んだところから「秋好中宮」の名でも知られる。[本書では4章にはじめて登場し、以下6章、8章にも。]

左大臣
妻は**大宮**、子に**頭中将**、**葵の上**がいる。舅として**光源氏**をよく後見した。**桐壺帝**崩御後の政治の混乱を嘆いて一時、政界を引退状態になるが、**冷泉帝**の即位を機に太政大臣に返り咲く。[本書では1章にはじめて登場し、以下7章にも。]

末摘花
父は、常陸宮。父母を失い心細い生活を送っていたなか、**光源氏**と結ばれる。[本書では、ダイジェスト2にはじめて登場し、以下ダイジェスト4にも。]

朱雀帝
父は、**桐壺帝**。母は**弘徽殿女御**。**光源氏**の異母兄。桐壺帝の譲位を受けて、即位。子に東宮、**女三の宮**、**落葉の宮**がいる。[本書では1章にはじめて登場し、以下4章、5章、9章、10章、11章にも。]

【た行】
玉鬘
父は、**頭中将**。母は、**夕顔**。頭中将から身を隠した母が突然死んでしまったため、乳母一家とともに九州にくだり、その地で育つ。土地の有力者・大夫監の求婚から逃れるべく上京。**光源氏**の六条院に迎えられる。鬚黒と結婚。[本書ではダイジェスト1、ダイジェスト5に登場。]

頭中将
父は、**左大臣**。母は、**大宮**。**葵の上**は、同腹のきょうだい。子に**柏木**がいる。**光源氏**とは終生の好敵手。後に権中納言、内大臣、太政大臣に昇進する。[本書では3章にはじめて登場し、以下5章、6章、8章、9章にも。]

【は行】
花散里
姉は、**桐壺帝**の皇妃、麗景殿女御。桐壺帝崩御後、姉ともども**光源氏**の後見を受ける。二条東院にうつった後、六条院の夏の町に入る。**夕霧**の母親代わりもつとめた。[本書ではダイジェスト3にはじめて登場し、以下8章、12章にも。]

光源氏
父は、**桐壺帝**。母は、**桐壺更衣**。父帝最愛の皇子であったが、臣籍に降下、源氏となる。子に、**葵の上**との間にもうけた**夕霧**、**藤壺**との間にもうけた**冷泉帝**、**明石の君**との間にもうけた**明石の姫君**がいる。須磨に流離して不遇を味わうが、帰京後は、権大納言、内大臣、太政大臣と昇進し、ついに准太上天皇に。[すべての章に登場する、この物語の主人公。]

兵部卿宮
父は、先帝。**藤壺**は、同腹のきょうだい。子に**紫の上**がいる。後に式部卿宮に昇進。[本書では3章にはじめて登場する。]

藤壺
父は、先帝。第四皇女で、**兵部卿宮**は同母のきょうだい。**紫の上**のおばにあたる。**桐壺帝**に入内し寵愛を得るが、**光源氏**との密通により**冷泉帝**をもうける。中宮となるが、桐壺帝崩御後に出家。[本書では1章から7章までのすべての章に登場し、以下10章にも。]

【ま行】
紫の上
父は、**兵部卿宮**。母を早くに失い、祖母に育てられていたが、その祖母とも死別したため、**光源氏**に引き取られて養育される。後

に**光源氏**と結ばれ、最愛の女性の地位を得る。源氏との間に実子はなかったが、**明石の姫君**を引き取って見事に育て上げた。[本書では2章にはじめて登場し、以下3章、11章以外のすべての章に登場する。]

【や行】

夕顔

もとは高貴な生まれであったが、父を失って家が没落。**頭中将**との間に女子をもうけたものの、頭中将の北の方からの圧迫により姿をくらます。そのおりに**光源氏**とも関係を持つにいたるが、光源氏との逢瀬のさなかに怪死。頭中将との間にもうけた女子が、後に**玉鬘**として登場。[本書では、ダイジェスト1、ダイジェスト5に登場。]

夕霧

父は、**光源氏**。母は**葵の上**。大学寮で学んだ異例の経歴の持ち主で、苦労の末、**雲居雁**と結ばれた。親友であった**柏木**の死後、その妻の**落葉の宮**とも結婚。[本書では4章にはじめて登場し、以下5章、8章、9章、11章にも。]

【ら】

冷泉帝

父は**光源氏**。母は**藤壺**。自らを**桐壺帝**の子と思っていたものの、後に光源氏が実の父であることを知る。[本書では3章にはじめて登場し、以下4章、5章、6章、7章、9章にも。]

六条御息所

父は、大臣。東宮に入内したが、まもなく先立たれる。子に**斎宮の女御**がいる。娘とともに伊勢に下った後、上京するが、やがて死去。生前は生霊となって**葵の上**を死に追いやり、死後は死霊となってあらわれる。[本書では4章にはじめて登場し、以下8章、9章、10章にも。]

あとがき

『源氏物語』をぜひ一度読んでみたいと願う読者は世界にもたくさんいて、そのことは、本書の執筆者のうちの複数が、海外の『源氏物語』研究者であることにも明らかでしょう。この本の執筆者はみな、東京大学大学院で机を並べて学んだ、かつての『源氏物語』初心者たちです。『源氏物語』に引き寄せられるようにして、藤原克己先生のもとにあつまり、先生の導きによってこの物語の面白さに開眼した私たちが、この物語の面白さ、小説としての魅力をわかりやすく伝えたいと思ってつくったのがこの本です。

『源氏物語』は、古くから日本に伝わる、伝統ある物語だから値うちがあるのではありません。いまの私たちが読んでも、とにかく抜群に面白い物語だから価値があるのです。こんな面白い物語があるのに、読まないなんてとにかく「もったいない!」。それが本書の根底にある、私たちの思いです。もちろん『源氏物語』のあらすじや、人物についてざっと解説した本は世に少なくありません。が、あらすじだけでは、これももったいない。本書を一読された読者の皆さんは、この本が世にありふれた、あらすじの紹介本ではないことにすぐに気づかれたと思います。『源氏物語』のなかでもとりわけ重要な場面を厳選し、それらをどのように読めばよいか、鑑賞と解説を十分にほどこすことで、全体を通読してもらえれば、光源氏の栄光と挫折の軌跡が、初心者にはわかりやすく、この物語をもっと深く知りたい人にもなるほどそうだったのかと納得してもらえる本。あなたが高校生や大学生、あるいは社会人や教壇で古典を教えている教師の皆さんであっても、つまり『源氏物語』をよく知っていてもそうでなくても――どんな読者であっても必ず発見がある本。本書が目指したのは、そのような一冊です。

入門者や初心者は、はじめの入り口を間違えてしまうと、おかしな情報にふりまわされたり、変な癖がついてしまうばかりで、結局いつまでたっても出口にたどり着けなかったり、ものごとが上達しないということが、世の中にはよくあります。本書に示した『源氏物語』の理解はオーソドックスなそれに徹して、専門家が陥りがちな重箱の隅をつつくような話や、奇をてらった見方は厳しく排除してあります。『源氏物語』にはじめてふれてみようと思った人に安心して手にとってもらえる本を届けたい、そうした思いをこめて、本書は『はじめて読む　源氏物語』と名づけられました。とはいえそれは、一度読んでしまえば、あとは読み捨てにされてしまうような内容の薄さ、レベルの低さを意味しているのではありません。そのことは本書を通読して下さった読者の皆さんが誰よりもよくご存じでしょう。入門書としては欲張りすぎと言ってもよい充実した内容を盛り込んだ本書を、長く、くり返し手にとっていただき、『源氏物語』の尽きることない魅力にふれていただけたら、編者としてそれにまさる喜びはありません。なお本書の世に出るに際しては東京大学の渡部泰明先生のお力添えを得ました。記して感謝します。

（今井　上）

【執筆者紹介】〇掲載は、五十音順です。＊は編者。

青島麻子（あおしま・あさこ）
1982年生まれ・聖心女子大学専任講師・『源氏物語　虚構の婚姻』（武蔵野書院、2015）、「『落窪物語』における婚儀」（『国語と国文学』2017・9）、『学びを深めるヒントシリーズ　源氏物語』（明治書院、2019）ほか。

東　俊也（あずま・としや）
1975年生まれ・武蔵高等学校中学校教諭・「寝覚の上の心」（『国語と国文学』2004・1）、「浮舟物語と贈答歌」（『むらさき』2005・12）ほか。

＊今井　上（いまい・たかし）
1973年生まれ・専修大学教授・『源氏物語　表現の理路』（笠間書院、2008）、『文学トレーニング　古典編』（三省堂、2013）、「『源氏物語』研究の現在」（『国語と国文学』2018・5）ほか。

金　静熙（キム・ジョンヒ）
1973年生まれ・京畿大学校助教授・「浮舟巻の表現構造」（『国語と国文学』2010・9）、『日本文化の連続性と変化』（亦楽・ソウル、2018）、「漢籍の引用と物語の構成」（『日語日文学研究』2018・5）、ほか。

金　秀姫（キム・スヒ）
1970年生まれ・漢陽女子大学教授・『空蟬物語の「いとなつかしき人香」考』（『むらさき』、2000・12）、「浮舟物語における嗅覚表現—「袖ふれし人」をめぐって」（『国語と国文学』2001・1）、「古今集の感覚」（『古今和歌集研究集成』第二巻、風間書房、2004）、「「嗅覚」と「言葉」」（『薫りの源氏物語』、翰林書房、2008）ほか。

栗本賀世子（くりもと・かよこ）
1981年生まれ・慶應義塾大学准教授・『平安朝物語の後宮空間』（武蔵野書院、2014）、「桐壺の一族」（『古代文学論叢』20輯、武蔵野書院、2015）、「花散る里の女御」（『源氏物語　煌めくことばの世界Ⅱ』、翰林書房、2018）ほか。

中西　翔（なかにし・しょう）
1983年生まれ・麻布中学校高等学校教諭・「『色好み』の再検討」（『むらさき』47、2010・12）、「日常の学習におけるアクティブ・ラーニング」（『麻布中学校・高等学校紀要』4、2016・3）ほか。

林　悠子（はやし・ゆうこ）
1982年生・日本女子大学准教授・「浮舟物語の時間試論」（『文学』、2015・1）、「源氏物語の「年ごろ」と「月ごろ」」（『源氏物語 煌めくことばの世界Ⅱ』翰林書房、2018）ほか。

松野　彩（まつの・あや）
1976年生まれ・国士舘大学准教授・『うつほ物語と平安貴族生活』（新典社、2015）、「秋好中宮の童女」（『歴史のなかの源氏物語』思文閣出版、2011）、「『篁物語』「橡の衣」についての考察」（『国士舘人文学』2019・3）ほか。

尹　勝玟（ユン・スンミン）
1971年生まれ・韓国外国語大学非常勤講師・「八の宮の遺言の多義性」（『国語と国文学』2009・1）、「浮舟物語の方法」（『むらさき』2009・12）、「『源氏物語』アイロニー考」（韓国外大日本研究所『日本研究』2017・12）ほか。

吉田幹生（よしだ・みきお）
1972年生まれ・成蹊大学教授・『日本古代恋愛文学史』（笠間書院、2015）、「高麗の相人の言葉をめぐって」（『国語国文』2016・12）、「「雨夜の品定め」の射程」（『成蹊国文』2018・3）ほか。

李　宇玲（リ・ウレイ）
1972年生まれ・中国同済大学教授・『古代宮廷文学論』（勉誠出版、2011）、「かいまみの文学史—平安物語と唐代伝奇のあいだ」（『アジア遊学』2016・6）、「『源氏物語』と「秋興賦」」（『国語と国文学』2019・12）ほか。

【監修者紹介】
藤原克己（ふじわら かつみ）
1953年、広島市に生まれる。東京大学大学院博士課程中退. 博士（文学）岡山大学、神戸大学、東京大学教授を経て、現在 武蔵野大学特任教授、東京大学名誉教授
著書に『菅原道真　詩人の運命』（ウェッジ選書）、共著に『日本の古典―古代編』（放送大学教育振興会）、『源氏物語 におう、よそおう、いのる』（ウェッジ選書）、論文に「『源氏物語』と『クレーヴの奥方』――ロマネスクの諸相」（柴田元幸編『文字の都市』、東京大学出版会）などがある。

はじめて読む 源氏物語

二〇二〇年一月三十日　初版第一刷発行
二〇二一年三月二十五日　再版第一刷発行

監修者……藤原克己
編者……今井上
装幀……芦澤泰偉
発行者……橋本 孝
発行所……株式会社花鳥社
https://kachosha.com/
〒一五三-〇〇六四 東京都目黒区下目黒四-十一-十八-四一〇
電話〇三-六三〇三-二五〇五
ファクス〇三-三七九二-二三二三
ISBN978-4-909832-15-3
組版……ステラ
印刷・製本……太平印刷社